2

追放された技術士《エンジニア》は破壊の天才です

仲間の武器は『直して』超強化! 敵の武器は『壊す』けどいいよね?

著 いちまる　ill. 妖怪名取

CHARACTER
イザベラ
探索者《シーカー》パーティー
『高貴なる剣』のリーダー。
元仲間のクリスを
敵視している。
リゼット
古いナイフに
宿った貴族令嬢。
不幸な事件で
命を落とし、
今は幽霊状態。
クリス
技術士《エンジニア》の少年。
気弱ながら
修理の腕は確か。
『解体術』という
破壊の力を使う。

デッドロウ
『高貴なる剣』の
新たな仲間。
イザベラに
忠誠を誓う。
パルマ
『高貴なる剣』の
魔法使い《ウィザード》。
姉のイザベラを
崇拝している。
フレイヤ
元聖騎士《パラディン》の探索者《シーカー》。
クリス＆カムナと行動を
共にする大鋸使い。
カムナ
少女の姿をした兵器。
クリスを主と定めている。
得意技は『神威拳《カムナックル》』。

プロローグ

とあるダンジョンの最下層。

そこは、どこまでも広がるように錯覚《さっかく》する平原。点在する木と岩、どこからか射し込む太陽の光だけを見れば、背の低い草が茂《しげ》るここを地面より下の空間とは思わないだろう。

だがしかし、これは紛れもなく地下迷宮だ。

人を襲う怪物と未知の環境が探索者《シーカー》達を待ち受ける、異境《いきょう》とも呼べる世界。ダンジョンとも呼ばれる、人が多くを知らない世界。

そんな広大さの一方で危険が常に潜む場所で、今まさに死闘を繰り広げる者達がいた。

「――オロックリン流解体術、『壱式乙型《いちしきおつがた》』ッ！」

「ギギャウ……」

たった今、素手で灰色の巨大な虎の首をへし折ったのは、エクスペディション・ギルドに所属するDランク探索者、白目が黒く、瞳が紫という不思議な右目を持つ少年――クリス・オロックリンだ。

ダンジョンに潜む怪物、魔獣《メタリオ》を倒す数少ない手段であるアームズを修理する技術士《エンジニア》にして、あらゆるものを解体する能力の持ち主である。

高級な庭園のようでありながら草木が鬱蒼《うっそう》として、陰湿《いんしつ》な空気を漂《ただよ》わせるこのDランクダンジョン、通称『深い庭』においてもそのスペックは遺憾《いかん》なく発揮された。

「お見事っ！　素手で魔獣を倒すとは、流石《さすが》だなっ！」

痛みを感じる間もなく絶命した魔獣を見て、彼の背後から声がした。

腕を組んで頷《うなず》くのは、クリスと一緒にダンジョンに潜《もぐ》る元聖騎士《パラディン》、深紅《しんく》の髪と巨大な十字架型《じゅうじかがた》の鋸《のこぎり》を背負うフレイヤ・レヴィンズ。

その隣で彼に賛辞《さんじ》の拍手を送っているのは、ブロンドを靡《なび》かせる鋼《はがね》の武器少女、カムナことカムナオイノカミだ。

この三人は『クリス・オーダー』という名のパーティーを組み、それぞれの夢に向かって今日もダンジョン探索に勤《いそ》しんでいた。

クリスは探索者となって姿を消した姉を追い、カムナは『アメノヌボコ』という名の正体不明のものを探している。そしてフレイヤはクリスの手助けをしながら、新米探索者として経験を積んでいる最中だ。

ここに来たのは、それらの目標とはやや異なるが、ある素材を集める為だった。

「うん、市販のツールはどうしても修理以外には使えないからね。今作っているあれが完成すれば、もっと手際よく解体できるんだけど……」

「その部品を集める為に、ここに来たんでしょ。ほら、これ。『灰色虎《はいいろとら》』の牙よ」

「ありがとう、カムナ」

素手で魔獣を倒すという、拳と足だけで建築物を解体するのに匹敵《ひってき》する荒業《あらわざ》をやってのけたクリスに、カムナが怪物からへし折った牙を手渡す。

荒っぽいカムナの素材収集法にも慣れた彼は、受け取った素材を鞄《かばん》に詰め込んだ。

（この牙を加工して歯車にすれば、いよいよコネクトの改良ができる……修理するだけじゃなく、皆を守る力になるんだ）

彼はショルダーバッグのように肩から巻いた布袋の中でこちらを見る、狐型の万能修理ツール――『コネクト』の頭を軽く撫《な》でた。

掌《てのひら》より少し大きいくらいの鋼の狐から、ロッド状の修理ツールに変形する世にも珍しい狐は、以前の戦いで無茶をしてしまい、半壊状態に陥《おちい》ってしまっていた。

しかし、今こうして、壊れる前よりも立派な姿を取り戻そうとしているのだ。

『コン！』

コネクトが鳴くと、クリスが頷いた。

「よし、目当ての物も手に入れたし、この辺りで撤退しよう」

「うむ！」

「オッケー！」

目標を達成した三人は、早々に最下層を離れることにした。

「にしても、『深い庭』なんて言っておきながら、この前の『深淵《しんえん》の森』よりもずっと探索は簡単だったわね。お目当てのアイテムもすぐに見つかったじゃない」

「『深い庭』は、Dランクの中でも本当に初心者向けのダンジョンだからね。カムナからすればちょっと物足りないかもしれないね」

攻略が簡単なのも当然で、ここはあくまで探索者になりたての者達が挑むDランクダンジョンだ。その中でも、特に簡単だとすら言われている。先に潜っている者がいたから後回しにしていたが、そうでなければ『深淵の森』よりも優先して探索したかったほどだ。

だから、最下層からいくつか階層を戻るのも、全く苦ではなかった。

「そうよ！『アメノヌボコ』とクリスのお姉さんを探すなら、もっと難しいダンジョンに行かないといけないわ！さっさとCランクに昇格したいわね！」

「ならば必要なのは、地道な努力だなっ！何事もいきなりとはいかんっ！」

「フレイヤの言う通りだ。あと何回かダンジョンを巡れば、俺達にも機会が——」

じきにCランクの探索も夢ではない、とクリスは言おうとしたが、不意に言葉を止めた。

「……ん？　あれは……」

少し離れたところに見える、他よりちょっぴり背の高い雑草の群《むら》がり。

岩の陰になっていてどうにも目立たないそこに、クリスは鈍く光る何かを見つけた。

「どうしたの、クリス？　魔獣でもいた？」

「ううん、あそこの草むらで何かが光ってる気がしたんだ……ちょっと待ってて」

カムナとフレイヤを置いて駆けていったクリスは、岩の傍に集まった草の陰、つまり人目にはほとんど触れないところで、太陽の光をわずかに浴びて光るそれの正体を見つけた。

「やっぱり。かなり古びててガタもきてるけど、確かにアームズだ」

アームズ。怪物の素材を使って造り上げる武器。

これがなければダンジョンでは容易に死んでしまう。

絶対に手放してはいけないと言える生命線を、この空間で拾うことそのものが珍しい。

クリスが雑草の中から掴み上げたのは、柄《つか》を細く長い鎖で繋がれた、一対《いっつい》の鈍色《にびいろ》の、ボロボロのナイフだった。

（……気のせいかな？　今、このアームズが透《す》けていたような……）

クリスには、手にしたそれがほんの一瞬だけ透けて見えたのだ。

当然、そういった魔法を付与する武器がないわけではないし、彼の錯覚に過ぎない可能性もある。

だが、クリスは確かに、その質量すら消えたように思えた。

武器の幽霊《ゆうれい》。持ち主をなくし、新たな握り手を求めてダンジョンを徘徊《はいかい》する幽霊がいるとすれば、こんな姿をしているのだろうか。

そんなことを考えながら、しげしげとそれを眺めていると、カムナとフレイヤが後ろからやってきた。

「何それ、アームズ？　よく気付いたわね、そんなのが落ちてるって」

「アームズを落とすとは珍しい。ダンジョンでは、これは命を守る唯一の盾《たて》にして剣だ。よほどのうっかり者がなくしてしまったか、あるいは……」

フレイヤは言葉を濁したが、要は命を落とした誰かの遺品《いひん》だと言いたいのだ。

「……だったら、元の姿に戻してあげないと」

ぐっとナイフを握り締めて立ち上がったクリスは、それを鞄の中にしまった。

「嘘でしょ、持って帰るの⁉　クリス、それの持ち主は十中八九死んでるわよ⁉」

「言いたいことは分かるよ、カムナ。けど、どこにも帰るあてがないなら、せめて綺麗《きれい》にしてあげたいんだ。これも、技術士としての役割だよ」

「もう……本当に何でも直そうとするんだから……」

自分もかつて直された立場である以上、強くは言えないカムナの前で、クリスは微笑んだ。

そうして、改めてダンジョンの出口に向かおうとした時。


『――お待ちしていましたわ』


ふと、風に紛れる程度に静かな声が聞こえた気がした。

クリスは思わず振り向いたが、当然の如く、彼の後ろにもどこにも誰もいなかった。

「……？　誰か、今何か言った？」

「え？　何も喋《しゃべ》ってないわよ？」

「右に同じだなっ！」

『コン！』

袋の中のコネクトもこう言うのだから、間違いなさそうだ。

「……そっか。じゃあ、帰ろうか」

二人揃って首を横に振ったのを見て、彼はその声を幻聴と判断した。

幻聴ならば何の問題もないと思い、三人はまた歩き出した。

――クリスの鞄の中で、古びたナイフが妖《あや》しく輝いたのに、誰も気付かないまま。

第一章　彼女の名はリゼット

クリス達が『深い庭』から帰ってきたのは、最下層踏破から三日後だった。

『深淵の森』よりも遠いところに入り口があるので帰りは遅れたが、素材の納品には間に合った。

探索者《シーカー》達が拠点としているホープ・タウンに戻ってきた頃には日が暮れていて、三人は宿で夕飯を食べ、そのまま自室へと戻っていった。

フレイヤはクリスの二つ隣に部屋を取っていて、カムナは相変わらずクリスと同室。

彼女が水浴びを済ませた時には、もう窓の外はすっかり暗くなっていた。

◇◇◇◇◇◇◇◇◇◇

「――やっぱり、無骨な構造だけど、材質はとてもいいね」

そんな中、クリスは部屋に置いたランタンの灯りだけを頼りに、作業を続けていた。

ダンジョン内で採れる『蓄光草《ちくこうそう》』を燃やすこのランタンは、部屋いっぱいから手元まで、自由に明るさを調節できる優れものだ。

『鉄猪《てついのしし》』の蹄《ひづめ》をベースにして、Dランクダンジョン辺りじゃ見かけない『鱗刃《りんじん》』の背びれに『一角獣《いっかくじゅう》』の素材を繋ぎ合わせた刃《やいば》を装着してる。違う魔獣の素材同士のパッチワークは、造った技術士《エンジニア》の腕がいい証拠だ……もしかすると、君はオーダーメイド品なのかな？」

調整や修理の間に、直しているアイテムに声をかけるのは彼の癖だ。

「鎖やアームズ本体の繋ぎ目に砂や埃《ほこり》が詰まってただけだから、調整自体は簡単にできたよ。あとは君を忘れていった人を、ギルド本部で探すだけだね」

汚れを取り除き、各部に詰まった泥や土を払いながら、油を塗り込むのも手慣れたものだ。

すっかり新品の如く光を放つようになったナイフをランタンに近づけると、柄には『ラウンドローグ』と小さく刻まれていた。

「『ラウンドローグ』、か。これが持ち主の名前だといいけど。ねえ、カムナ？」

この名前が、持ち主を探すあてになってくれるだろうか。

クリスがカムナに声をかけると、彼女はベッドの上で大の字になり、寝息を立てていた。

「ぷひゅるー……くぴー……」

「って、機能停止してたのか。確かにもう、遅い時間だけど……」

武器に近しい存在である彼女は睡眠を必要としないが、一時的に機能を停止することもある、と知り合って三日目に教えてもらっているから、彼は驚かなかった。

むしろ、外が暗く静まり返っている方に驚いたくらいだ。

『コーン……コーン……』

コネクトも機能を止めて袋の中で丸まっているのを見て、クリスは大きく伸びをした。

「……うん、俺も寝よう。明日は朝一番にギルド本部に行かないとね」

ナイフを机の上に置き、ランタンの灯りを消し、近くのソファに横たわる。

カムナがやってきてからは、こちらがもっぱら彼の寝床だった。カムナは自分と一緒に寝てもいい、寝るべきだと言ったが、クリスにはどうにも気恥ずかしかった。

「それじゃあおやすみ、カムナ、コネクト――」

くすりと微笑みながら、彼は仰向けになる。

そうしてゆっくりと瞳を閉じ、自分も夢の世界へと向かおうとした。

皆と語り合う夢。

姉と再会する夢。

カムナとの出会いを思い出す夢を、きっとこれから見るはずだった――。


「――お待ちしておりましたわ、あなた様」

「え？」

——それら全ては、彼の真上から聞こえてきた、覚えのない声で掻き消された。

ぱちくり、と目を開いたクリスの視界の先にいたのは、およそ信じられないものだった。

女の子だ。

誰とも知らない女の子が、自分の真上、腹の上に乗っかっているのだ。

「君、どこから——むぐっ！」

何をどうすればいいか分からないほど唐突な事態に、思わずクリスは叫ぼうとした。

だが、その口は柔らかい掌《てのひら》で塞がれてしまった。

「静かにしてくださいまし。悪いようにはしませんわ」

病的にも見える白い肌と淡《あわ》い声が与える恐怖にも似た感情のせいで、そのままの姿勢で叫べばよいものを、彼は言われるがまま黙ってしまい、頷くほかなかった。

大人しくなった彼の対応に一安心したのか、目が合った少女もはにかんだ。

（誰だ、いつの間に部屋にいたんだ!?　音も気配も、何もしなかったぞ!?）

少女の朗らかな様子とは正反対に、クリスの頭は完全にパニックに陥っている。

その一方で、彼の目は驚くほど冷静に少女の外見を捉えていた。

背はカムナと比べて頭半分ほど低い。白銀《しろがね》の髪をツインテールにしてその先端を巻いている。肌は陶器《とうき》人形のように真っ白で、ゴシックロリータ調の黒と青を基調にしたワンピースを着て、シンプルなパンプスを履《は》いている。

それら全てが普通でも、異常性は彼女の体そのものにあった。

（いや、そもそもこの子――透けてる⁉）

そう――透けているのだ。

煌《きら》びやかなドレスも、柔らかな肌も、全てが文字通り透き通っているのだ。

こんな様を形容する固有名詞は一つしか知らなかったが、クリスが正体を問いかけるよりも先に、少女の方が穏《おだ》やかに質問を繰り出してきた。

「……あなた様、お名前は？」

「むぐ、ん……クリス、クリス、オロックリン」

「クリス様、ですわね。いいお名前……実家の愛犬を思い出させる名前ですわ」

塞がれた口でどうにか答えを返すと、少女は一層うっとりと微笑んだ。

（褒められてるのか？　ついでに前にも、こんな形で名前を聞かれたような気が……）

鋼の少女との出会いをフラッシュバックさせるクリスに、彼女は尚も語り掛ける。

「わたくしを拾ってくださったあなた様。綺麗に身なりを整えてくれただけでなく、持ち主まで探

そうとしてくれたあなた様。わたくしの願いを、運命の人として聞いてくださいませ」

「拾った？　運命？　な、何を、言ってるんだ？」

「ああ、その前にしっかり鍛《きた》えられているか、体を見ておかないといけませんわね。軟弱《なんじゃく》な野郎では、わたくしの願いは果たせませんもの」

クリスの問いかけは、彼女に一切無視されてしまった。

代わりに少女は、なんと空いた方の腕で、彼の腹部を優しく撫で始めたのだ。

(な、なんだってぇ⁉)

恐怖と困惑が、たちまち羞恥《しゅうち》へと変わってゆく。何を果たすのか、何を求めているのかは知らない。だが、透けているのに手の感触はある——これでは夜這《よば》いも同然だ。

一方で彼の内心を見抜いているかのように、硬い腹部を少女がまさぐる。

くすくすと笑いながら、指で男の腹を撫で回す彼女の表情は、ともすれば強姦魔《ごうかんま》のそれだ。

「……素敵な腹筋。服の上からでも分かりますわ、どちゃくそテンションが上がる——」

きっと、誰の助けもなければ、彼女の要求はエスカレートしていただろう。

事実、クリスもそうなると思っていた。

少女もあわよくば、そんな展開を狙っていたかもしれない。

「——カアアァムナアアアアァァッックルッ！」

——彼女の腹を、背後から貫くように放たれた『神威拳《カムナックル》』。

それに加え、憤怒《ふんぬ》の形相《ぎょうそう》で目を見開き、既に目を覚ましていたカムナがいなければ、だが。

魔獣の装甲すら叩き砕く一撃。それが今、少女の腹を貫通した。

「フー、フー……あんた、クリスに何やってんのよ」

「カムナ……！」

少女が間に挟まっていてもクリスに分かるくらい、カムナは激怒していた。

口と鼻から白い息が漏れ出すくらい、彼女は凄まじい怒りに満ちていた。

それこそ、殺人など躊躇《ためら》わないくらいに。

「本気で殴ったから、腹に風穴が開いちゃったかしらねぇ!?　でもあんたが悪いのよ、あたしより先にクリスの腹筋に触れるなんて、万死《ばんし》に値《あたい》——なん、ですって？」

ところが、カムナは不意に怒声と欲望を放つのをやめた。

渾身の力で放ったはずの拳に、腕に、何の温かさも感覚もなかったからだ。

「こいつ、透けてる!?　あたしの拳が透けて、通り抜けてるって、どういうこと!?」

それもそのはず——カムナの腕は、文字通り貫通していた。

少女の体は完全に、背後からの一撃を透過していたのだ。まるで空気を殴ったかのような虚無感に、クリスどころか、流石のカムナも狼狽《うろた》えた様子を隠し切れないでいる。

「まあ、無礼な一撃ですわね。レディなら、もっとスマートに戦いなさいな」

一方で少女は、何事もない様子で、ゆっくりとカムナに向き直った。

あまりに驚きすぎて、カムナは少女がアームズを腰に携《たずさ》えているのにも気付かなかった。

「例えばこのように、ですわッ！」

言うが早いか、少女はクリスが修理していたアームズ――長い鎖がついたナイフを、カムナめがけて勢いよく投げつけた。

いかに至近距離といっても、カムナの反射神経は人間を上回っている。さっと攻撃をかわしてみせた。

「うひゃあっ⁉」

かわした、はずだった。

カムナが驚愕の声を上げた理由は、避けたはずの鎖が体を縛っていたからだ。

姿勢を崩してしまった彼女は、ソファからごろりと転げ落ちてしまった。しかも鎖が絡まっているせいで、まともに身動きも取れない。

「何よ、これ⁉　いつの間にこんなことに、鎖が体中に絡まってるのよ⁉」

その奇々怪々な様は、クリスの目にも映っていた。

（この女の子、どうなってるんだ⁉　カムナの拳を、体を透かして回避しただけじゃない！　俺が修理したアームズの鎖も透過させて、カムナに巻き付けた！）

やはり、こんな存在を形容する言葉は、彼には一つしか思い浮かばなかった。

（まるで、何でも通り抜ける、『幽霊』みたいに！）

幽霊。

彼女の持った道具も体も、幽霊のように透けるのだ。

『コ、ココンっ⁉』

やっとコネクトも目を覚ましたみたいだが、遅すぎる。

「さて、邪魔者はいなくなりましたわ。クリス様、あなた様に大事なお話が……」

カムナを無事に撃退した少女は鎖を鳴らすようにして腕に巻き付けながら、今度はクリスに覆いかぶさってきた。

何か重要な事柄を告げようとした少女だったが、彼女は知らない。

じたばたと暴れるカムナが、主人の危機を、指をくわえて眺めているほど甘くないと。

「ふ、ざ、けんじゃ、ないわよーっ！」

どうにかして一矢《いっし》報《むく》いようとするカムナは、倒れた姿勢のまま、少女に蹴りを放った。

「痛《い》だっ！」

すると、今度は透けて通らず、彼女の脇腹に命中した。

ようやく解放されたクリスの傍で、少女はカムナ同様、床に転がってしまった。

「スケスケだなんてお化けみたいなことしても、あたしはビビらないわよ！　幽霊だのお化けだの、そんなものがいるわけないわ！　透けて見えるあんたのそれはハッタリよ！　その証拠に、あたしの蹴りが命中してるもの！」

鎖は未だに解けていないが、カムナはぴょんぴょんとどうにか立ち上がり、幽霊に向かって吼《ほ》えた。幽霊もまた、カムナに向き直って睨《にら》みつける。

「お化けだなんて、失礼ですわ！　わたくしはリゼット・ベルフィ・ラウンドローグ！　貴族の名にふさわしい、清《きよ》らかなる魂《たましい》とお呼びなさい！」

「わけ分かんないわよ、透明女！」

「口汚い金髪バカがやかましいですわ！」

お嬢様らしい少女も、売り言葉に買い言葉で返す。

カムナが怒鳴ると、リゼットと名乗る少女も怒鳴り散らす。

このままでは埒《らち》が明かないと思ったのか、とうとう二人の口喧嘩《くちげんか》にクリスが介入した。

「――もういいだろう、二人とも部屋で騒がないでくれ！」

「クリス!?」

しかも、これまで一度だって出したことがないほどの大声でだ。

穏やかな面持ちの彼がまさかこんな声を出すとは思っていなかったのか、カムナは当然びっくりしたし、無抵抗のクリスしか知らない少女は一層驚愕した。

「きゃっ!?」

すると、少女の半分透けた体は突如として飛び跳ねた。

そして、まるで霧《きり》のような姿となり、カムナを縛っていたナイフと鎖の中へと溶け込んでいく。

鎖がじゃらりと落ち、ようやく解放されたカムナとクリスがアームズを見つめていると、中からさっきの少女の声が聞こえてきた。

「も、もう、クリス様！　大声をいきなり出さないでくださいまし、クソビビりましたわ！」

間違いなく、貴族らしい外見をした、さっきの少女の声だ。

何がどうなっているのか、頭がちっとも追い付かず、二人は顔を見合わせた。

「……嘘でしょ」

「ナイフの中に、入っていった？　どうなってるんだ、この子は……？」

もう人間とは到底呼べない奇行を繰り出す『何か』を前にして硬直していると、外から何やら騒がしい声が聞こえてきた。

「二人とも、こんな真夜中に騒々《そうぞう》しいぞっ！」

そうして扉を開き、深夜に騒ぎ立てる二人を窘《たしな》めに来たのは、フレイヤだ。

カムナやクリスと同じく、宿から支給されたパジャマを纏った彼女の後ろから顔を出すのは、何が起きているのかと覗《のぞ》きに来た、宿の宿泊客達だ。扉の向こうで騒いでいたのはこの者達だろう。

「フレイヤ！　ちょうどよかった、実は……」

まるで何者かと戦った後のような光景と、クリスが拾ってきたアームズが乱雑に転がっているのを見たフレイヤは、わずかに思案に耽《ふけ》った。

「……ふむ、成程《なるほど》！　どうやら事情があるようだな、では部屋の中で聞くとしよう！」

そうして、恐らくパーティーの中では最も洞察力《どうさつりょく》に優れる彼女は、腕を組んで頷いた。

「皆、夜中に騒いでしまった二人にはきつく言っておくっ！　自室に戻ってくれっ！」

彼女にこう言われると、野次馬達もこれ以上部屋を覗《のぞ》き見る理由もないと判断したのか、寝ぼけまなこを擦って自室へと戻っていった。

こうしてどうにか騒動の拡散を抑えた面々の脳裏には、ある想いが過《よぎ》った。

(フレイヤの声も、かなりうるさいんじゃないかな……)

しかし、勢いよく扉を閉めた彼女には、誰もそうは言えなかった。

「……さて、どうやら厄介《やっかい》な事態に巻き込まれているようだな、クリス君」

のしのしと部屋の奥まで歩いてきて、ランタンの灯りを大きくしてからどかっと座り込んだフレイヤに、クリスは疲れた様子で言った。

「厄介というか、なんというか……俺の拾ってきたアームズに、妙な女の子がくっついてきたんだ。その子は今、ナイフの中に隠れてるよ」

『コンコンっ』

「アームズに、ついてきた？　それはまた随分と納得しがたい話だなっ！」

フレイヤの反応は至極当然で、普通はクリスとコネクトの戯言《ざれごと》だと捉えてしまうだろう。

「──納得しがたいことなどありませんわ。わたくしはここにいますもの」

だが、そんな理屈や常識は、ナイフの中から聞こえた声と共に消し去られた。

光る靄《もや》のような物体を伴《ともな》い、少女が再びクリス達の前に現れたのだ。

「あーっ！　また出てきたわね、変態《へんたい》幽霊！　今度こそ頭をかち割ってぶっ殺してやる！」

「ぶっ殺すとは下品な言い方ですわね。レディならお上品に、ぶちのめすと言いなさいな」

フリルを靡かせて宙を漂う彼女に向かって、またもカムナが牙を剥《む》いて吼えた。

そんな光景を見て、フレイヤは目を丸くした。

「……驚いたな。君は、悪霊《あくりょう》の類《たぐい》か？」

聖騎士《パラディン》が思わず呟いてしまった台詞を、少女は聞き逃さず咎《とが》めた。

「悪霊ではありませんわ。確かにわたくしは一度死んで蘇《よみがえ》ってはいますが、悪事を働いたり、人を呪《のろ》ったりはしませんことよ。第一、初対面の相手に、その言いようは失礼ではなくて？」

「どの口が言ってんのよ、この……」

「それはすまなかった！　初対面の相手には、まずは自己紹介からだなっ！」

フレイヤのリアクションは、カムナより幾分か大人だった。

相手がいかなる人物だろうと、礼儀を通す——つまり、挨拶《あいさつ》をすることから始めた。

「私は元聖騎士団《ロイヤルナイツ》所属、現Cランク探索者のフレイヤ・レヴィンズだっ！　ここにいるカムナ、クリス・オロックリンと共にパーティーを組んで、日々探査を続けているっ！」

「まあ、聖騎士団《ロイヤルナイツ》におられたのですね。わたくしはリゼット・ベルフィ・ラウンドローグ。帝国貴族の名家、ラウンドローグ家の三女ですわ。以後、お見知りおきくださいまし」

フレイヤが元気よく自己紹介をすると、これまで会話が通じなかったのがウソのように、リゼットと名乗った少女も、スカートの端を摘《つま》んで高貴な面持ちで返した。

口調や節々の仕草からクリスも察していたが、やはり彼女は高い位《くらい》の生まれらしい。

「ラウンド……俺達は詳しくないけど、本当に貴族なのか？」

「ああ、彼らは政《まつりごと》にも関わる由緒《ゆいしょ》正しき血筋の貴族だっ！　今は政界から退《しりぞ》いているが、裕福さで上回る者はあまりいないだろう！」

「貴族ってのはともかく、相手はいきなりクリスを襲った奴だって分かってんのよね？」

ひとまず名前や出自を聞けた一同だが、カムナはまだ、彼女を疑っている。

「分かっているとも。だが、どんな理由があろうとも、今目の前にいるのは、既に命を落としてここに蘇ったと話す少女だ。なら、まずは事情を聞いてやるのが一番だろう」

「……俺も賛成かな。リゼット、どうしてそんな姿になったのか、俺についてきたのかを教えて欲しいんだ。何の理由もなく、襲ってきたわけじゃないんだよね？」

だが、フレイヤはともかく、クリスすらも問い詰める気は失せているようだった。

主人がリゼットを理解しようとしているのなら、カムナから手を出すわけにもいかない。

特に、相手が下種《げす》とは呼べない類の者ならば猶更《なおさら》だ。

「クリスがそう言うなら、仕方ないわね……」

「……あなた様は、やはりお優しいです。最初から、お話しさせてくださいまし」

彼の甘さに呆れつつ、渋々カムナが一歩引くと、リゼットは宙を漂うのをやめた。

そして、クリスに向き直り、彼女は改めてこうなった経緯を語り出した。

「わたくしはラウンドローグ家に生まれ、何一つ不自由ない生活を送ってきましたわ。自分で言うのも恥ずかしいのですが、箱入りの暮らしを続けてきたのもあって、好奇心は人一倍で……貴族の友人と一緒に、街の視察に来た際にダンジョンへと忍び込みましたの」

リゼットの脳裏を過るのは、過去の思い出と、今の姿を得る前の最期の夜だ。

前者は、とにかくあらゆる意味で満たされた生活だった。貴族として遊び、食べ、学び、また遊ぶ。何もかもが充足《じゅうそく》していて、まさしく裕福と呼ぶにふさわしい生き方だった。

だが、後者はもっと明確に覚えている。

いつからか、人々が求めてやまない未知の世界に、足を踏み入れたいと望むようになった。

もとより努力を惜しまない性格であったリゼットは、召使いや両親に黙って体を鍛え、アームズを手に入れ、ダンジョンへと挑む準備をした。

そうしてある日の夜、友と迷宮へ挑んだ彼女は、未踏の空間に興奮した。

だが彼女は、ダンジョンに入る際に最も大事なものを二つ、忘れていた——探索者としての資格と、あらゆる事柄に注意を払う警戒心だ。

「ダンジョンに？　まさか、資格は持っているのかい？」

「もちろん、持っていませんでしたわ。ちょっとした散歩をする程度でしたが、想像以上に深く潜ってしまい、気が付いた時には地下で迷っていましたわ。その時……」

首を横に振るリゼットは、自分の愚《おろ》かさを悔恨《かいこん》する。

十四歳の興味と無知は、ダンジョンにおいては致命的だった。

「魔獣が、来たんだね。そして君は、殺された」

「……今でもまだ、その時の光景を覚えていますわ」

リゼットが頷いた。

回想の中の彼女達の前に現れたのは、漆黒《しっこく》の影を持つ魔獣だった。

いかに彼女が訓練をしていても、質のよいアームズを持っていても、殺意を剥き出しにしてくる怪物を相手取って勝てる見込みはない。

ただでさえ不利だというのに、リゼットは更に、圧倒的な絶望を叩きつけられた。

「わたくしは――友人に、置き去りにされましたの。足を傷つけられ、囮《おとり》としてダンジョンの最深部に取り残され、魔獣の一撃で屠《ほふ》られました」

彼女の視界に、最期に映った光景。

それは、リゼットの足を剣で切り裂き、一人で逃げ出す友の姿だった。

待って。

置いていかないで。

記憶の中の、リゼットの声にならない声は、魔獣の咆哮《ほうこう》に掻き消された。

痛みを、憎しみを抱く間もなく、彼女の意識は途絶えた。

「わたくしは彼女を見捨てるつもりなんて、毛頭ありませんでしたわ。絶対に、一緒にダンジョンを脱出する……そう思っていたのは、わたくしだけでしたの」

リゼット・ベルフィ・ラウンドローグの生前の思い出は、ここで終わった。

「それであんたは、殺されたってわけ。仲間にも裏切られるなんて、ご愁傷様《しゅうしょうさま》ね」

「カムナ、やめなよ」

『コーンっ』

「はいはい」

クリスとコネクトに窘められたカムナは、リゼットを挑発するのをやめた。

リゼットもまた、カムナに噛みつかなかったし、平静に話を続けた。

「……あの時、確かにわたくしは死にましたわ。痛みを覚える間もなく、アームズはどこかに弾《はじ》き飛ばされ、恐らく体は食われ……死んだはずですわ」

「だけど、君は今こうして、アームズと共にいる。それはどうしてかな？」

「……分かりませんわ。目が覚めると、わたくしはナイフの中にいましたの」

リゼットにもこの現象の原因は見当もつかなかった。

死の闇から長い時間を経て——リゼットは覚醒《かくせい》した。

大金をはたいて買った一対のナイフの中から、彼女は自分が死んだ世界を眺めた。

ただ——眺めるだけだった。それ以外は何もできなかった。

多くの人が歩いていくのを眺めていたが、誰も自分に気付かなかった。

まるで、幽霊と同じように透けてしまい、世界と同化しているかのようだった。

発声も、動作も、何一つ許されなかった。

「当然ですが動けず、声も発せず、一切何もできませんでしたわ。ゲロヤバですわ、どうしたものかと頭を悩ませていると、わたくしの頭に声が響いてきましたの」

「声……？」

クリスが問い返すと、彼女は銀髪を撫でつけて答えた。

「不思議な声はこう言いましたわ――『ダンジョンに秘められた摩訶不思議《まかふしぎ》な力によって、お前は肉体と精神のはざまにある新たなる命を得た』！　『お前を見つける運命の相手が来た時、力を操り、元の姿を今一度外の世界に見せられるだろう』と！」

クリスはほんのわずかだが、彼女が正気を保っていないのではと疑った。

しかし、現に幽霊はここにいるのだ。

「肉体と精神のはざま……それが、さっきの透過した君の姿なのかい？」

「はい！　わたくしの体は肉体を失ったせいで、文字通り透けていますわ！　ですが人に触れられたり、少しの間であれば何もかもを通り抜けさせる能力も手に入れましたわ！　これも皆、不思議な力を持つ声が教えてくださいましたの！」

話の内容から察するに、幽霊のようにふわふわと姿を出し入れしたり、物質を透過させたりするのは、どうやら今日が初めてらしい。だとすれば、この姿を見せられたのも、クリスに見つけて欲しい一心での能力の発現だったたと言える。

「ダンジョンの不思議な力って、何よ」

「皆目《かいもく》見当もつかないなっ！」

ひそひそと話す二人を差し置き、リゼットの語りに熱がこもる。

「わたくしは声に従い、待ちましたわ。眠り、目を覚まし、それをずっと繰り返しておりましたが、三年ほど待っても誰もわたくしに気付きませんでしたの。きっと、運命の相手だけがわたくしに気付くのだと、自分にひたすら言い聞かせていましたわ」

「それまでずっと姿を見せられなかったのは、能力が制御できていなかったから、かな」

「違いますわ！　きっと、わたくしにとっての運命の人が現れなかったからですわ！　魔獣や探索者が気付かなかったのも、縁がなかったからですのよ！」

「あたしが言うのもなんだけど、バカみたいにポジティブな奴ね」

「そうでもないと、ダンジョンの中で孤独ではいられないだろうっ！」

ここそこと話す二人を差し置き、リゼットの語りに一層熱がこもる。

「そうして動けないまま延々と待ち続け、誰も来ないのかと復活したことすら呪い始めた時——遂《つい》に、わたくしを拾ってくださった方が現れましたの！」

彼女が敬愛の眼差《まなざ》しで見つめたのは、自分を見つけ、しかも持って帰ってくれた青年だ。

「そのお方はアームズを綺麗に整えて、素敵だと言ってくださって……気付けばわたくしの中に、またも声が聞こえましたわ！『今こそ力は取り戻された』と、『お前を拾った男こそ、運命の王子であり、切れぬ絆《きずな》で結ばれている』のだと！」

「……まさか」

「そのまさかですわ！わたくしがこの姿を取り戻せたのは、あなた様……クリス様と運命の出会いを果たしたからですわ！本当に、本当に……わたくしを見つけてくださってマジ感謝ですわ、クリス様ぁーっ！」

「うわぁっ⁉」

リゼットはもう、三年間も溜め込んだ想いを解き放つのを我慢できなかった。

目の中にハートマークを浮かべたリゼットは、透けた体で彼に抱き着いた。

「わけ分かんないこと言ってんじゃないわよ、あとクリスに抱き着くなっ！」

「ぎゃわーっ⁉　い、いきなり強い光を当てないでくださいまし！」

同時に、カムナがそんな事態を許すはずがなかった。

目潰しとばかりに彼女がランタンを掴み、灯りを調節して強くすると、リゼットは奇怪な声を上げてナイフの中へと戻っていった。

「わたくしの体は強い光に弱いんですわ、長時間当てられると体が溶けてしまうんですのよ！　おまけにこんな光を当てられると無敵になれなくなるのですわ！　どつかれればたんこぶだってできるというのに、失礼極まりないですわね！」

がたがたとひとりでに揺れるナイフは、中から怒声を発する。

暴れ散らすリゼット入りのアームズを見て、三人は顔を見合わせた。

（幽霊だよね？）

（幽霊じゃないのよ）

（幽霊だなっ！）
（コン）
詳細はともかく――彼女は、幽霊と呼んで差し支えない存在だった。

「ついでに言うと、わたくし、強い日差しも苦手ですわ！　ナイフの中にいる間は平気ですけども、そこのところ、覚えておいてくださいまし！」

日光まで苦手だというのなら、いよいよ幽霊だとしか形容のしようがないのだが、クリスは敢えてその点に触れずに話題を変えた。

「え、ええと……ところで、君が俺に言っていた『願い』っていうのは、何なんだい？」

「それですわ、その話をしたかったのですわ！」

本題に触れてもらい、リゼットはナイフの中から再び姿を見せた。

「実は生前、ダンジョン探索中にお母様から誕生日に頂いたティアラを落としてしまいましたの。クリス様には、わたくしとそれを探しに『深い庭』に戻って欲しいのですわ」

「ティアラ？　何年前の話よ、そんなもんとっくに他の探索者に拾われているわよ」

神妙な顔をするリゼットの前で、カムナは早々に結論を出した。

拾われていないにしても、魔獣に踏み潰されているか、時間の流れと共に土に埋まっているだろう。

「……重々承知ですわ。でも、それだけはどうしても諦《あきら》められませんの」

それでも、リゼットは諦め切れないようで、ぐっと拳を握り締めた。

「わたくしを置き去りにした友人への恨みは諦められますわ。お父様やお母様、家族に会うのもいつかと思えますわ。でも、お母様が十歳の誕生日にくださったティアラだけは、どうしても有無を確かめたくて……」

「どうする、クリス君？」

「あたしの提案はシンプルよ。こいつを近くの川に投げ捨てて、全部忘れて――」

フレイヤがクリスに聞くと、カムナが代わりに口を開いた。

彼女は厄介ごとに首を突っ込む前に、リゼットのことを忘れるべきだと提言した。普通の探索者なら、提案を受け入れて、ナイフを窓の外から投げ捨ててしまうだろう。

「――『深い庭』のどの辺りで落としたか、覚えてるかな？」

だが、クリスは違った。彼は何の疑いも躊躇《ためら》いもなく、リゼットに問いかけた。

「クリス⁉」

「そう言うと思ったぞ、はっはっは！」

大口を開けて笑うフレイヤと驚くカムナの前で、最もびっくりした顔を見せていたのはリゼットだった。

「……それは、つまり……」

「カムナの言う通り、他の誰かがもう拾ってしまった可能性はとても高い。俺達は探索のプロじゃないし、できる範囲でしか探せないけど……それでもいいなら、手伝うよ。自分で言うのもなんだけど、困ってる人を見過ごせないのが、俺の性分《しょうぶん》でね」

その言葉の中にどれほどの優しさが詰まっているかに気付き、リゼットは両手で口を覆った。

「クリス様……わたくし、感謝感激雨霰《あめあられ》ですわ……！」

涙を流しそうな顔のまま、彼女は心から彼に感謝した。

はにかんだクリスに、リゼットは目をごしごしと手で擦り、詳細を話した。

「わたくしが行きたいのは、『深い庭』の最下層ですわ。けど、一度他の道を使って地上に戻ろうとした時に落としてしまったので、死んだ場所とは別のところになりますわ……確か、二つある道のうち、今日クリス様が使わなかった方だった、ような……」

やはり、彼女がティアラを落としたのは『深い庭』だった。

ただし、クリス達が『灰色虎』の素材を回収しに行った道ではなく、他のルートを用いたようだ。

「ふむ、一度の突入で、ダンジョンの中を二度も探索していたのだな」

「俺達が今回通った道は『西ルート』だから、リゼットが最下層の出入りに使ったのは『深い庭』の『東ルート』か。前回探索したのとは、また別の階層になるね」

「ダンジョンの中に、複数の道に繋がる扉があるの？」

ダンジョンは階層ごとに扉があり、その先には下の階層へ繋がる通路がある。カムナがそれを思い出しつつ尋ねると、クリスは頷いた。

「そういうダンジョンもあるんだ。『深い庭』は中間辺りから分かれ道が出てきて、下の階層同士が横で繋がってる。リゼットが出られなかったのは、多分同じ階層に進む扉を開けていたからじゃないかな」

「なるほど、一つの階層に一つの扉とは限らないってわけね」

クリスはギルド本部で何度か聞いていたし、他のダンジョン探索でも聞いていたが、地下迷宮にはいくつかの道筋が存在するのだ。

「よし、明日の朝に探索申請を出して、明後日には出発しよう。いいね？」

「うむ！」

『コン！』

「もう、お人好しなんだから……」

クリスはいい加減、フレイヤ達を拘束するのはよくないとも判断した。

すっかり月が夜闇《やあん》を照らす時間帯に起きているのは、肌荒れや健康不良の原因だ。

「満場一致だね。とりあえず、今日はもう寝よっか。皆、起こしちゃってごめんね」

「一向に構わんっ！　ではクリス君、カムナ、リゼット、おやすみっ！」

フレイヤは腕を組んで大袈裟《おおげさ》に笑い声を上げながら、大股で歩いて部屋を出ていった。彼女が扉を閉めるのを見送ったクリスも、ランタンの灯りを消した。

こうしてカムナとリゼットと同室のクリスも、どうにか眠りにつくことができた。

◇◇◇◇◇◇◇◇◇◇

「…………」

「じー……」

「じーですわ……」

――眠りにつくことができる、はずだった。

ソファに仰向けになって眠ろうとするクリスだったが、四つの目による視線を感じてどうにも寝付けなかった。彼を凝視《ぎょうし》している暗い部屋の影は、当然カムナとリゼットだ。

「……あの、眠れないんだけど」

「気にしないでいいわよ。このトンチキ変態幽霊が何をするか分からないし、あたしが監視してあげてるだけだから。あんたは心配しないで、ゆっくり休みなさい」

「うっせえですわ、暴力ブタ女。わたくしはただクリス様のお顔を見つめていただけですわ。あなたのような、発情した猿と一緒にしないでくださる？」

クリスが静かに目を開きながらぼそりと呟くと、二人は自分こそが聖人で、しかももう片方が大悪党であるかのように言った。そしてそれがまた、喧嘩の引き金になるのだ。

「はあぁ!?　変態が何言ってんのよ！」

「むっきーっ！　何ですってぇ!?」

致命的に相性の悪い二人は、たった一度の会話を交わすだけでこの始末。

もう一度フレイヤが部屋に入ってきそうな剣幕《けんまく》の口喧嘩を聞きながら、クリスはごろりと体を横に向け、うなされているかの如く声を漏らした。

「……眠らせてくれぇ……」

彼の切なる願いだが、今晩だけは叶いそうになかった。

『コーン……コキューン……』

ぐうぐう、すやすやと眠りにつけたのは、コネクトだけだった。

第二章　因縁の再会

翌日、燦々《さんさん》と輝く太陽の下、クリス達はギルド本部へと向かっていた。

相も変わらずホープ・タウンは活気づいていて、寝ぼけまなこを擦る者など一人もいない。

誰も彼もがダンジョンに挑む準備や商売、喧嘩で騒いでいる。

「……ふわぁ……」

ただし、『クリス・オーダー』のリーダー、クリスだけは酷く眠たげだった。

肩から提げた袋に入るコネクトを撫でる手も、どこかおぼつかない。

「むっ！　クリス君、あくびとは珍しいな！」

「昨日、ちょっと眠れなくてね……気にしないで、夜更かしは修理で慣れてるから」

大きな口を開けてあくびをした彼に、フレイヤが悪戯《いたずら》っぽく言った。

フレイヤは何となく納得した様子だったが、原因の一つであるカムナは自分がひたすら監視していたのが理由とも気付かずに、不思議そうに彼を眺めている。

寝不足の要因は、寝付けなかったクリスがカムナと話してしまったからだけではない。

彼の部屋にいたもう一人も、彼を寝かせようとしなかったからだ。

「わたくしもちょっぴり眠たいですわ……夜にクリス様とお話ししましたので……」

そのもう一人とは、クリスが背負った鞄の中にいるリゼットだ。

太陽の光が苦手だと明言していた彼女を、お試し程度でも日光に当てるわけにはいかないと判断したクリスは、自分が愛用している鞄にリゼットを入れておいた。

「行方《ゆくえ》知れずになったお姉様を探して、一人でホープ・タウンまで来て探索者《シーカー》となるなんて……このリゼット・ラウンドローグ、クリス様の深い愛情に感動しましたわ……！」

クリスの推測通り、今のところ、アームズにも彼女にも異変は見られない。

それどころか、クリスの昔話を思い出して感動する余裕すらあるようだ。

『高貴《こうき》なる剣《つるぎ》』の話に言及しない辺り、クリスはあくまで父と姉を失ったくだりしか話しておらず、全てを語られてもいない様子である。

もしもそこまで話していたなら、今頃彼女はとてつもない義憤《ぎふん》に駆られていただろう。

「それよりもリゼット、日光は大丈夫かい？」

「問題ありませんわ！　クリス様の鞄の中はとても快適ですの！」

「ならよかった。太陽の光が射し込むかもしれないって思ったから、鞄の外装に魔獣の革を使ったけど、これならダンジョンまで君を安全に運べるね」

「何から何まで……クリス様の優しさは五臓六腑《ごぞうろっぷ》に染み渡りますわ……」

声だけで歓喜を表すリゼットに、クリスは問う。

「ところで、日光を浴び続けると君はどうなるんだい？」

「頭の中の声が言うには、ダンジョンの光以外の日光を浴びると、体がドロドロに溶けてしまうらしいですわ。その間に受けたダメージや、溶けたところは放っておけば治りますが、回復はあまり早くありませんの」

「何から何まで、不思議な体質なんだね」

「というか、回復って……幽霊のくせに怪我するのね」

「もちろんですわ。わたくしは幽霊ではなく、こんな姿になっただけの人間ですもの」

なるほど、怪我を負い、傷が治るのであれば、彼女は自身を幽霊と自覚しないはずだ。

それでも幽霊の方が分かりやすいので、きっとそう呼ばれ続けるに違いない。

「うん、ひとまずリゼットを運ぶ点での問題は解消されたかな……っと、着いたよ」

「エクスペディション・ギルドとやらは随分広いですわね……これくらいの明るさなら、わたくしが出てきても問題なさそうですわ」

四人が話しながら歩いていると、あっという間にギルド本部前に着いた。

街で最も大きな施設、探索者達が集まるエクスペディション・ギルド本部に入ると、日光が遮られた影響か、リゼットの声が心なしか元気になったような気がした。

興味深そうに鞄の隙間から少しだけ目を見せて、リゼットは周囲を眺める。ナイフと幽体を自在に切り替えられる彼女は、体の一部だけ幽体にすることもお手の物だった。

「出てこなくていいわよ。あんたは黙って、鞄の中でじっとしてればいいの」

「カムナ、きつい言い方はダメだよ」

「クリスは甘いのよ、ったく……」

どうにもリゼットにつんつんした態度で接するカムナを窘めながら、クリスと『クリス・オーダー』はカウンターの前まで来た。

「すいません、『深い庭』の探索依頼をお願いします」

彼が声をかけたのは、『深淵の森』の探索でも世話になった受付嬢だ。

すっかり一同を気に入ってくれたらしい彼女は、贔屓《ひいき》にならない程度に、それでいて要所でクリス達を助けてくれる。

今日も受付嬢は朗らかに微笑みながら申請を聞いていたが、少し眉を顰《ひそ》めた。

「『深い庭』ですか？　『クリス・オーダー』の皆さんは、前回もここを探索しているはずですが……同じダンジョンの連続探索は、評価には繋がりませんよ？」

受付嬢の話すルールは、最初にパーティー登録をした際と同じ注意内容だ。

いくら名のあるパーティーでも、どれだけ大きな功績を出そうとも、連続して変わらない成果ではダンジョンの調査や素材、アイテムの研究発展には貢献《こうけん》しない。

だから、複数回の同ダンジョン探索はランクアップに必要な点数には加算されない。

「それは知っています。けど、今回は『東側』のルートを探索しますので……目標はこの『三色バナナ』でお願いします」

「そういうことでしたか。すいません、てっきりお忘れかと」

クリスが言うと、受付嬢はなるほど、といった調子で頭を下げた。

複数のルートがあるダンジョンについては、前述のルールの限りではない。

「では、今しがた同じルートでダンジョン調査を希望したパーティーの分と併せて探索依頼書を用意してきますので、少しお待ちください」

もう一度軽く頭を下げた受付嬢は、書類を取りにカウンターの裏へと向かった。

さて、クリスはというと、彼女の言葉に首を傾げた。同じルートでダンジョン探索を依頼した者が、他にいるというのだ。

「誰だろうね、同じタイミングで同じルートだなんて……」

三人が顔を見合わせていると、答えは彼らの後ろから聞こえてきた。

「――追放した者とされた者が、一つのダンジョンを攻略する。いつかこんな日が来るとは思っていたけど、こんなにも早いとは予想外ね、クリス」

ただ、この答えが返ってくるよりは、謎のまま終わってくれる方が何倍もよかった。

いつぞやのように、少し離れたテーブルからこちらに歩み寄ってくるのは、イザベラ率《ひき》いるAランク探索者パーティー『高貴なる剣』だった。

桃色の髪を靡《なび》かせる絢爛《けんらん》たる貴族姉妹、剣士のイザベラと魔法使い《ウィザード》のパルマで構成されたパーティーだが、今日は二人の後ろに見慣れない男の影もある。

その威圧感によるものか、あるいはAランクパーティーを目にした物珍しさからか、周囲の探索者達は相変わらず飽きもせずに、彼らを話題にしてざわついていた。

『高貴なる剣』は先日までクリスが所属していたパーティーでもある。彼らは金の力でランクを買った紛い物の探索者だ。

その上、クリスを無能と罵《ののし》り、あまつさえ殺そうとした。

今は亡きジェイミーという乱暴者がその罪を全て被ることとなり、一緒になってクリスを虐げていたはずのイザベラとパルマはお咎めなしである。

『コン、コルル……！』

コネクトが警戒して唸る相手など、彼女達くらいなものだろう。

「……やあ、イザベラ」

「随分と冷めた態度ね。元パーティーメンバーの貴方と、雇い主の仲なのに」

「前にも言ったろう。俺は別に、君と話すことはないよ」

だからといって、クリスが金で権威を買った面々に穏やかな心を持つことはない。

自分が殺されかけて、しかもその罪を他の者に擦り付けた邪悪《じゃあく》が相手なら猶更《なおさら》だ。

その事情は『クリス・オーダー』の他の面々も知っており、当然ながら彼女達も険しい表情を浮かべる。

「あんた達、よくもいけしゃあしゃあと……！」

「よせ、カムナ。世間的に見れば、向こうは立派なAランク探索者だ。クリス君を殺そうとした証拠がない以上、下手に暴力に訴えれば、悪印象を受けるのはこっちの方だぞ」

フレイヤが腕を鳴らすカムナの前で手を翳《かざ》し、暴力を制した。

「この前は散々あいつらをなじってたのに、急に冷静になるのね、フレイヤ」

「以前とは違って注目を集めている。私が振る舞いを考えるくらいには、な」

じりじりと怒りの火花を散らす双方の空気を先に裂いたのは、イザベラだった。

「せっかくだから、私達の新しい仲間を紹介するわね。デッドロウ・ベルゥよ」

彼女がそう言うと、後ろにいた細長い男が、ぬう、と前に出た。

後ろ髪は腰まであり、前髪も瞳が隠れるほど長く、その色は白い。顔の大部分は髪に隠れ、悪魔のように裂けた口元しか見えない。隙間から辛うじて見える目の色ですら、盲目のように白い。

ひょろりとした体躯が歩く様はどこかふらついていて、まるで枯れた細木のようだ。

『首を吊った男』を背に刺繍《ししゅう》して襟《えり》を立てた黒の外套《がいとう》や、無言の威圧感も含め、総じて技術士《エンジニア》にも、他の職業にも見えない男だ。

「デッドロウ、だね。『高貴なる剣』への加入、おめでとう。使い潰されてダンジョンの奥で殺されかける前に、早々に脱退するのを勧めるよ」

「その心配はないわ。彼は私達の忠実なしもべで、どんな命令にも絶対に従い、技術士だけでなくあらゆる職の技術に精通する完璧《かんぺき》な男よ。どこかの誰かと違ってね」

クリスの皮肉を込めた針のような忠告に、イザベラも同様の意味合いで刺し返す。

「忠実なしもべ、か。人をより好みしたら、人が寄り付かなくなった苦肉の策ってところかな」

「有能が一人いれば、無能百人に勝るわ。私なりの結論よ」

「自分が一番無能だってのには気付いてないなんて、おめでたい貴族サマね？」

ここでとうとう、拳を振るうのを必死に我慢しているらしいカムナまで乱入してきた。

そうなると今度は、姉を無条件で敬愛するパルマが杖を握って反論する。

「……お姉様を侮辱《ぶじょく》するなら……死ぬ覚悟がある、ということですね……」

「死ぬ覚悟なら、あんた達もできてんでしょうね。クリスを散々侮辱したなら、頭カチ割られて脳みそぶちまけるのはそっちの方よ」

双方がぎろりと睨み合い、殺意をぶつけるのを見たクリスは、しまった、と思った。

知らない間に、自分も熱が篭《こも》っていたらしい。

「いや、よそう、カムナ。長々と話した俺が悪い」

一方で、彼は過《あやま》ちに気づけば、冷静さを取り戻すくらいの落ち着きも抱いていた。

イザベラの「最初からそういう態度を取っていればいい」と言いたげな、勝ち誇った顔が恨めしかったが、クリスは努めて無視した。

「さっきからリゼットも静かだし、受付を済ませて早めに市場に行こう……」

先程からずっと、鞄の中のリゼットが静かなのも気になる。

カムナ以上に騒ぎ立てそうなリゼットがこんな状況でも黙っているのだから、彼女のコンディションに悪い変化が起きてしまったのではないかと彼は考えていた。

「……リゼット？」

だが、そうではなかった。

ほんの少しの沈黙と、異変が起きたのに勘付いた人々の静寂の中、鞄がひとりでに開いた。

「――イイイィィザベラアアアァァッ！」

そして、絶叫と共に、ナイフを片手に握り締めたリゼットが飛び出してきた。

誰もが驚き、硬直した。まさか鞄の中に人が入っているとは思いもよらないし、しかも半透明の人間が、煙が噴出するかのように現出したのだ。

おまけに、イザベラの名を怒号の如く呼び、今まさに襲い掛かろうとしているではないか。

「なっ⁉」

「リゼット⁉」

クリスやカムナが止める間もなく、あわやナイフが喉を裂こうとした直前、イザベラは腰に提げていた剣を振るって凶刃を防いだ。

刃が透過しないのは、リゼットが怒りのあまり、能力の発現すら忘れているからだろうか。

「この女、どこから……あ、あぁ……？」

冷徹な剣士は謂《いわ》れのない襲撃に、静かな怒りを燃やしていた。

だが、彼女の怒りは、たちまち青ざめた顔色に取って代わった。

イザベラにとって、この幽霊は全く無関係ではない。

「わたくしの顔を覚えているでしょう、イザベラ・ド・アルヴァトーレ！　あなたが殺した、置き去りにした親友の顔ですわ！　忘れたとは言わせませんわよこのクソボケがあぁッ！」

「……リゼッ……ト……⁉」

リゼットの叫び声を聞き、その場にいた全員が驚愕した。

彼女が殺した親友にして、置き去りにした少女。忌《い》まわしい記憶がフラッシュバックしたかのように、イザベラは硬直した。

パルマやデッドロウが困惑する中、彼女だけは石像のように固まっていた。

「お姉様、リゼットとは……？」

妹の問いかけも、イザベラには届いていないようだった。

パルマは今まで一度だって、こんなに狼狽《ろうばい》した姉を見たことがなかった。死んだと思っていたクリスが戻ってきた時ですら、ここまで動揺はしていなかったはずだ。

「そんな、そんなはずはないわ！　だって、あの時確かに！」

「そうですわね、足を切って動けなくして、魔獣に食べさせましたわね！」

うまく整わない呼吸でどうにか言葉を発するイザベラに対し、リゼットはようやくアームズを透過させて攻撃を叩き込もうとした。

しかし、イザベラはくるりと身を翻《ひるがえ》して斬撃を回避してみせる。

「おかげでテメェは今ものうのうと生きて、お望み通り探索者になってるんですから、いいご身分でございますわね！　こんな様を見せつけられて、高説垂れられてキレない奴がいるわけないですわだろうがあぁっ！」

イザベラの身のこなしは、怒りに身を任せただけの乱暴な攻撃とは違う。彼女の確かな才能を目の当たりにして、リゼットは感情を抑え切れない。

　こちらが、きっとリゼットの本性だ。

「あいつ、語尾が滅茶苦茶《めちゃくちゃ》になるくらいキレ散らかしてるじゃない……!?」

　パルマやデッドロウだけでなく、カムナ達ですら戸惑って手が出せないでいるのだから、周囲の探索者や他の受付嬢、スタッフの視線がこちらに集中するのは当然だ。

「なんだよ、ありゃあ？」

「殺したって、まさかあのイザベラが？」

　リゼットを見て囁《ささや》く男性、イザベラを指さす女性、嫌悪感を露わにするパーティー。

　反応自体は様々だが、抱いている感想は共通している。

　突如現れた少女が自分を殺した相手だと主張する――イザベラへの疑惑だ。

「まずい、これ以上騒ぎを大きくするわけには……クリス君！」

「ああ、分かってるよ！」

『コン！』

　どちらにしても、騒動を長続きさせてはいけない。

　フレイヤの声を背中で聞きつつ、彼は指を強く軋ませる。

「ちょっと乱暴でごめんね……オロックリン流解体術『壱式』！」

イザベラとリゼットの間に乱入したクリスは、なぞらせるように動かした指の一撃で、ナイフから装甲と刃を引き剥がし、瞬時に解体してしまった。

「え、きゃあああぁ……!?」

すると、リゼットの幽体に変化が起きた。

刃が落ちる音と共に、リゼットの姿が揺らめいて、解体されたナイフの中へと戻っていってしまったのだ。

「……一か八かだったけど、いい方に転んだみたいだね。どうやらアームズを解体すると、強制的に彼女の体は中に戻ってしまうみたいだ」

「解体って、そんなことしていいの!? 二度と元に戻らなかったら……」

ナイフの素材を拾い上げて鞄にしまう彼に、カムナが戸惑いながら聞いた。

「もしもそうなるなら、俺が修理した時点で彼女は失われてるよ。リゼットが昨日の夜に意識を保っていたってことは、破壊されたならともかく、技術の伴った解体なら、リゼットの存在に関係性はないってことだ」

「だといいけど……もしものことがあったら……」

どうにも納得いかない様子のカムナに対し、クリスは軽く頭を撫でた。

「分かってるよ。喧嘩してても、カムナがリゼットを心配してるってことくらいね」

「そ、そんなんじゃないわよ！　あたしが心配するのは、あんただけなんだから！　リゼットに何かあったら、クリスが悲しむかもって思っただけなんだからっ！」

クリスが微笑むと、カムナは顔を赤く染めて、ぶんぶんと首を横に振った。

「お待たせしました、申請書類です……え、ええっと……？」

ようやく受付嬢が書類を抱えてやってきたが、同時におかしな顔つきになった。

彼女にも理解できるように説明するのは、少なくともクリスでは難儀《なんぎ》するだろう。

「とにかく、俺は一旦リゼットを修理して、落ち着かせるよ。フレイヤ、カムナと一緒に受付をしてもらえるかな。あとで大市場のカフェで落ち合おう」

「分かったっ！　ではカムナ、こちらで受注手続きをするとしようっ！」

部品をすっかり拾い終えたクリスは、フレイヤに頼んだ。

大きく頷いたフレイヤに連れられて、やや心配そうな顔色を残したまま、カムナは受付嬢のもとに歩いていった。クリスもまた、イザベラの横を通り過ぎて、本部の外を出た。

今度は、彼女は引き留めも、嫌味を言いもしなかった。

「……無礼な輩《やから》……やはり『暗殺部隊』を率いて始末した方がよいですわ……」

代わりにパルマが、クリスを呪い殺さんとばかりに、彼の背中を睨んでいた。

血管が浮き出るほど杖を握り締めた彼女だったが、イザベラの返事はなかった。

「……お姉様？」

もう一度問い返すと、ようやくイザベラは振り向き、静かに命令した。

「デッドロウ、探索依頼の受注をしてちょうだい。私は先に宿に戻るわ」

「……畏《かしこ》まりました……お嬢様」

掠れた、震えた声の理由も聞かず、細長い男は深く頭を下げた。

イザベラをお嬢様と呼ぶデッドロウはその場に残り、パルマは急ぎ足で去ってゆく姉を必死に追いかける。

イザベラはというと、わたわたと走る妹の存在を気にも留めていない。

「ま、待ってください、お姉様！」

パルマの声どころか、周囲のイザベラへの低評価に繋がる声すら聞こえていない。

「最近、やけに騒動が多いよな？」

「何か隠してるんじゃないか、もしかして……」

全身に奔《はし》る怖気《おぞけ》を誤魔化《ごまか》しても、誤魔化しても、彼女の背筋をあの視線が突き刺す。

忘れられたはずの過去が這《は》い出てきて忍び寄る恐怖が、イザベラの心臓を食い尽くす。

「リゼットが、何で、どうして、どうして……！」

一刻も早く宿の部屋に帰ること以外、過去の恐れに呑まれた彼女の頭の中にはなかった。

◇◇◇◇◇◇◇◇◇◇◇

「……ん、あれ……？　わたくし、どうして……ここに……？」

暗闇の中、静かにそれは意識を取り戻した。

アームズの中にいるのだということは、とりあえず分かった。

ナイフの表面には目に当たる部位がないのに、中にいる自分は何故かまばたきができる。そんな奇怪な体で二度まばたきをすると、ダンジョンではない別の景色が視界に飛び込んでくる。

どうしてだろうか、自分はどうなったのだろうか。

「――目が覚めたんだね、リゼット」

眼前の光景を頭が理解するよりも先に、考え込む彼女に声がかけられた。

彼女の顔を覗き込むように笑顔を見せたのは、クリスだった。

「は、はわわあぁっ!?　こ、ここはどこですの!?」

「市場の西側にあるカフェだよ。俺の行きつけだ、テラスじゃなくて屋内だから安心して」

「でしたら、わたくしは何でクリス様のお膝に!?」

「修理中の君のアームズを、俺の膝に置いているからかな。ごめんね、ギルドで暴れていた時に解体したから、意識が途切れちゃったのかもしれないね」

思わずリゼットは飛び退《の》こうとしたが、体はちっとも動かなかった。

どうやら自分は、静かな喫茶店らしい場所で、椅子に座ったクリスの膝の上に寝かされているようだ。

しかも、普段ならコネクトが独占する席を、自分がだ。

「……あ、確か……」

ここでようやく、リゼットは記憶を取り戻した。

イザベラをギルド本部で見かけ、我を忘れて攻撃を仕掛けた。

その末に、クリスによって解体された。

今の自分の状況も何となく察していて、クリスが小さな修理用ツールを使い、剥がされた柄の装甲を貼り直しているのが分かった。

「……そうですのね。わたくし、クリス様の前であんな姿を……」

「気にしないでいいよ、俺もイザベラの前から早々に立ち去るべきだった」

こんこん、とリベットで装甲をくっつけながら、クリスはリゼットに聞いた。

「けど、改めて聞かせて欲しい。君の過去に、何があったのか」

リゼットについて知ることこそが、彼女の想いを知り、痛みと悲しみを解《ほぐ》してやる手段だとクリスは信じていた。

「……わたくしをダンジョンに連れていったのは、イザベラですわ」

リゼットはぽつぽつと、アームズの姿のまま語り始めてくれた。

「彼女の実家、アルヴァトーレ家とわたくしのラウンドローグ家は懇意《こんい》にしておりまして、ホープ・タウンの視察にも何度か来ておりましたわ。わたくしはダンジョンに興味を持っていましたが……それよりもずっと、イザベラの関心の方が強かったですの」

最初は、何の気なしのたわいもない話だった。

ダンジョンの探索に挑むなど絵空事《えそらごと》で、いつか、また今度の話だとリゼットは思っていたが、イザベラはそうではなかった。

それから、ダンジョンに行きたいとせがんだのはイザベラだった。

どうしてもと強気に出たのもイザベラだった。

いざとなれば自分が助けると豪語したのもイザベラだった。

「家族にも内緒で、こっそり宿泊先から抜け出して、ダンジョンに向かい……わたくしは、本当に愚かでしたわ。危険だとも知らず、どうにかなると思い込み……いざとなれば彼女が助けてくれると信じていましたわ」

こっそり宿を抜け出し、冒険を重ねてダンジョンに行き、その末に地獄を見た。

魔獣との遭遇も、彼女にとってはよくない事態だったに違いない。

「けど、けど！　あの女は、わたくしの足を切り、振り向きざまに笑っていましたの！　自分は助かるのだと、間抜けだけが死ぬのだと、わたくしを嘲笑《あざわら》ってやがりましたわ！」

だが、何よりも最悪だったのは、平然と友を見捨てて安堵《あんど》に笑う、友人の存在だった。

リゼットが死んだ後、イザベラが何と言って周りを誤魔化したのかは想像に難くない。てきとうな言い分の末に、彼女は知らない間にいなくなったことになったのだ。

「きっとわたくしがどこに行ったのかも、しらを切り続けてやがるのでしょうね！　戯《たわむ》れ程度に探索者になっているクソバカ女と、いざ出会ってみると我慢できずに……っ！」

怒声がすすり泣くような声に変わると、クリスはナイフを優しく撫でた。

「……分かるよ、リゼット。俺も、イザベラに殺されかけたから」

「クリス様、も……？」

「昨日の夜は言わなかったけど、俺はもともと、イザベラと同じパーティーに所属してたんだ。俺は無能だと決めつけられて、使えないからと言ってダンジョンで斬り殺されかけた」

『コォーン……』

コネクトの鳴き声にも、悲哀が混じる。

クリス達の様子を見て、ナイフの切っ先がくい、と顔を上げるように動いた。

「そんな、クリス様を無能だなんて！」

「確かに俺も、イザベラは嫌いだ――けど、だからって痛めつけてやろうとは思わない。俺が解体の腕を振るうのは、街の人や仲間を守る為だけだって決めたからね」

彼もコネクトも、ともすれば怒りに呑まれていたかもしれない。

そうならなかったのは、彼が技術士で、コネクトがその相棒だからだ。

「リゼット、怒りに呑まれないでくれ。激情が与える苦しみが、痛みが、君の明るさを遮《さえぎ》ることになるのが……君を直した俺にとって、一番つらいんだ」

そして今、その中には、憂《うれ》いを含んだ目で見つめられているリゼットも含まれていた。

彼女がイザベラを殺してしまうのを、彼は最も望んでいなかった。

「……どうして、そこまで……」

「技術士は直すだけじゃない。持ち主の心を癒して、手にしたアームズで誤った道を進まないようにするのも、務めだと思っているからだよ」

リゼットの問いに、クリスは自分が最も大事にしている事柄を答えた。

それは、クリスが片田舎で道具の修理をしていた頃からずっと曲げなかった信条だ。

すなわち、人の善性を肯定して修理をする、彼の最大の願いなのだ。

「ごめんね、勝手なことを言って。俺は殺された経験もないのに……」

にこりと笑ったクリスは、それから少し申し訳なさそうな表情を見せた。

そこには相手の気持ちに踏み入りすぎた反省も篭っていたが、リゼットはアームズの中で首を横に振った。彼女には確かにクリスの温かさが伝わった。

「……いいえ、クリス様のお気持ちは、とても嬉しく思いますわ」

ナイフの柄に触れている掌は、彼女が最も苦手としている太陽のようなのに、それとはまるで違う温さで、アームズを伝って彼女の心すらぽかぽかとさせるのだ。

「怒りよりも憎しみよりも、人を思いやる気持ちが溢れているのが掌から伝わりますわ。人の心を和ませるような、温かくて、柔らかい掌ですの」

「そんないいものじゃないよ、俺の手は。望みとは程遠いところにある、冷たい手だ」

自分を卑下《ひげ》するクリスの言葉に、リゼットは庇護欲すら芽生《めば》えつつあった。

いったい彼は、どれだけの慈《いつく》しみを他人に与えてきたのか。

空っぽになった己の愛情の器を、コネクトと共にどれだけ放って置き続けたのか。

もしもひび割れた心を潤《うるお》してあげられるのなら、人を愛しすぎて己を忘れてしまった彼を癒したいと、リゼットは心底思った。

「……あの、クリス様には、想い人が――」

だから彼女は、ナイフの中で意を決し、彼に聞いてみた。

「クリス君、待たせたな！」

「クリス、リゼットの調子はどうなの？」

ところが、答えを貰うよりも先に、喫茶店に聞き慣れた声が響いた。

ギルド本部で探索の受付をしていた赤髪と金髪――フレイヤとカムナが、戻ってきたのだ。この様子だと、さして大きなトラブルがあれ以降起きた様子もない。

「フレイヤ、カムナ！　大丈夫だよ、意識もあるし、修理は今終わったところだよ」

ぽんぽん、と刃を軽く叩いてから、クリスはナイフをテーブルに置いた。

何事もなく一安心した様子で胸を撫でおろすカムナと、腕を腰に当てて大きな口を開けて笑うフレイヤ。

二人と談笑するクリスを見つめ、リゼットの心臓は一層高鳴った。

(クリス様、本当にお優しいお方。仲間の皆様に慕《した》われるのも納得できますわ)

リゼットの心の喜びは、確かなものとなった。

(そんなあなた様に、わたくし……恋を、してしまったのですね)

自分は彼に惚れてしまったのだと、確信できた。

彼女の刃が、少しだけ温かくなった気がした。

◇◇◇◇◇◇◇◇◇◇◇

一方、こちらは金持ち御用達《ごようたし》の、街で一番豪華な宿。

その中でも最も広い部屋には、今、イザベラの苛立《いらだ》った声が鳴り響いていた。

「くそ、くそっ、くそっ！　どうして生きているの、リゼット!?」

原因はもちろん、自分の前に立ちはだかったリゼットだ。

イザベラが覚えている限り、彼女は確かに死んだ。

というより、自分が生き残る為の犠牲《ぎせい》になってもらったというべきだが、ともかくこの世にはいないはずなのだ。

それが、あの時の姿のままで戻ってきた。

ホープ・タウンでの立場を堅固《けんご》にしたいイザベラからすれば、悪夢以外の何物でもない。

(クリスといい、リゼットといい……死んだ奴は死んだままでないといけないのよ！　生き返ってまで私の戯れの邪魔をするなんて、許される所業ではないわ！)

何がどうなっているのか、理解不能だ。

生き返ったというなら、クリスもそうだ。どうしてこう、人は簡単に死なないのか。

（あいつが生きたままでは、ギルド内での信用を損ねるのは確かよ！　そうなれば、私が権威を振るえない！　私の思うがままの世界にならないじゃない！）

つかつかと爪先を鳴らしながら、イザベラは桃色の髪を掻いて部屋をぐるぐると歩く。

そんな彼女に、どうにも心配そうなパルマが歩み寄った。

「……お姉様……あのリゼットとやらは、何者なのですか……？」

「……貴女が気に掛けることは、そこではないわ。分かるでしょう？」

するとイザベラはきっと立ち止まり、椅子に腰かける妹を睨みつけた。

相手が妹だとしても、イザベラは自分の世界に踏み入られるのを酷く嫌うのだ。

「クリスもリゼットも、死人はどこにいるべきかを知らないみたいだわ。理解させてやりなさい、パルマ。アルヴァトーレ家の暗殺部隊を率いる貴女がね」

そうしていつもの死んだ瞳で自分を見つめる妹に、イザベラは命令した。

恐るべき指令が下されたというのに、パルマは眉一つ動かさなかった。

まるで、それが日常茶飯事《さはんじ》でもあるかのように、だ。

「……はい、お姉様。デッドロウを使っても？」

「構わないわ。幸運にも、『深い庭』という目的地は同じ……何としてでもダンジョンの中で始末しなさい。これ以上、奴らが私の心に苛立ちを残す前に、よ」

「もちろんです、お姉様……期待に応えてみせます……」

ゆっくりと立ち上がり、暗殺部隊を率いる彼女は、音一つ立てずに部屋を出た。きっと、デッドロウを呼びに行ったのだろう。

残されたイザベラはというと、再び戻ってくる暴虐の未来に、顔を綻《ほころ》ばせていた。

（実家から届くあれを待つまでもないわ……パルマの手でもう一度死になさい、クリス、リゼット。私に刃向かったことを後悔しながらね！）

それは綻ばせると呼ぶには凡《およ》そ遠い、醜悪《しゅうあく》で邪悪な笑みだった。

第三章　忍び寄る爪達

翌日、一行は予定通り、Dランクダンジョン『深い庭』にやってきた。今日はリゼットも実体で冒険に加わっている。

厳重に封鎖された扉の奥へと入って、整備された階段を歩く四人は、リゼットを除いてダンジョン探索用の装備を整えた姿だ。

特にカムナは、巨大な筒状の何かを背負い、物々しい雰囲気を漂わせている。

ただしクリスは、コネクトを包んだ袋を提げていなかった。

「ここが『深い庭』だよ、リゼット。君には見慣れた光景かもしれないけど」

扉を開いた先には、驚きの光景が広がっていた。

「まあ、こんなに探索者《シーカー》の方々が……！」

すっかり整備された広場のような区画に、探索者達が集まっているのだ。談笑したり、情報を交換したりする姿は、まるでギルド本部のような穏やかさだ。

休憩所の如き環境は、ダンジョンにおいては異質だともいえる。

果てには露店すら散見されるここに、カムナは慣れない調子で頬を掻いた。

「この前もそうだったけど、『深い庭』って探索者だけじゃなくて、いろんな人が集まるのね。ちょっとしたお店みたいな賑《にぎ》わい方だし、ダンジョンらしくないって思っちゃうわ」

「ここの第二階層までは、魔獣の出現率もさほど高くないからね。ルーキーの最初の第一歩にはうってつけだし、情報収集をする探索者や、素材を集める人達が談笑する集会所みたいなもののさ」

つまり、ここはダンジョンでありながらダンジョンではない。

いわゆる一服する為の場所であると知ると、今度は別の疑問がカムナの頭に浮かぶ。

「なら、どうしてあたし達の時は最初の探索を『深淵の森』にしたの？」

「ん？　二人が凄く強くて頼りになる、最高の仲間だって確信してるからだよ」

その問いについては、クリスは二人を見ずにあっけらかんと答えた。

思わず仲間達が紅潮するようなセリフをあっさりと言ってのけるのは、クリスの天然の魅力だと言えるだろう。

「それじゃあ、早速東ルートに向かうとしようか」

クリスは仲間を連れて広場を離れ、一番遠いところにある扉に入っていった。

さっきまでや一昨日と違って、人気《ひとけ》はかなり少なく、岩が多い上に乱雑に生えた背の高い草のせいで視界も遮られている。

総じて、急にダンジョンらしさが増した空間にがらりと変わった。

「こっちは急に人が少なくなったわね。『深い庭』の中でも危険ってことかしら」

「ああ、四つあるルートのうち、東側は一番危険度が高くて階層が深いうえに、下の階層に続く扉の数も多くないんだ。だけど採取できるアイテムや素材は他のルートと変わらないから、こっちを選ぶ人はあまりいないかな」

枯れ木のような色の雑草を掻き分けて進みながら、クリスが答えた。

彼の言う通り、比較的安全な区域が多い『深い庭』の中でも、東ルートは唯一と言っていいほど危険な場所だ。魔獣の質も一段階上がるし、障害も増える。

リゼットがもしここに一度至り、もう一度最下層に戻れたのなら、それは幸運だと言える。

「情報がそこまで集まっているとは、探索する方々にとっては便利なものですわね」

「ギルドや先人の成果のおかげだよ……って、あれは！」

早急に下に続く階層への扉を探そうとした一行だったが、そうはいかなかった。

「わああぁ！」

「ひいぃぃーっ！」

どこからか吹く風に削られた岩と大きな木の向こう側から、悲鳴が聞こえてきたからだ。

悲鳴の主は、若き探索者達だ。それは年齢的な意味でも、経験的な意味でもだ。

十代の男女が四人、互いが互いを庇い合ってアームズを振るっている。

それぞれ剣、弓、盾、杖と、パーティーの編成として見ればバランスは非常によい。

問題は彼らが明らかにパニックに陥っている点と、巨大な針を携えた、人ほども大きい蜂《はち》のような魔獣が群れを成して襲ってきている点だ。

「魔獣……蜂型の『毒針《どくばり》』か！」

羽音を鳴らして迫りくる鋼の虫に、新米探索者達は手も足も出ない様子である。

大方、初めての探索先で安全なルートを選ばず、背伸びをしてしまったのだろう。このままでは、四人とも針に刺されて穴だらけにされてしまう。

「あいつら、数は揃ってるくせに何の抵抗もできてないじゃない！　魔獣に初めて出会いました、ってリアクションよ、あれ！」

「カムナの言う通りだろうね……質は高くないが、あの数は危険だ」

「クリス君、傍観に徹しているわけにはいかない！　敵を屠りに行くぞっ！」

大鋸《おおのこ》『グレイヴ』を構えて攻撃しようとしたフレイヤだったが、先に鞄を開いたクリスが、既に魔獣の群れに向かって走り出していた。

「いや、俺がやるよ。ちょうど試したい力があるんだ！」

クリスの鞄の中から飛び出したのは、コネクトだった。

『ココーン！』

その見た目は以前と同じだが、尻尾が一つから三つに増え、長くなっている。

クリスがばっと手をかざすと、コネクトが鳴きながら棒状の姿に変形して、クリスの掌に吸い付いた。

紫と黒の瞳が敵を見据えるのと、『毒針』が彼に気付くのは同時だった。

しかし、剣のように変形したコネクトをしならせて、せり出した赤熱する刃を振るうクリスの方が、敵よりも一手早かった。

「いくよ、『コネクト』――モード『爆炎剣《ばくえんけん》』ッ！」

蜂が叫ぶよりも先に、針を向けるよりも先に、技術士《エンジニア》は宙を舞い――赤く染まる刃で、魔獣を一刀両断した。

鋼も、肉も諸共《もろとも》焼き切る刃。

黒髪が靡くのに合わせ、怪物を裂く赤刃の舞いに合わせ、魔獣は斃《たお》れた。

一撃で敵を屠るスペックに、蜂の群れだけでなく、カムナ達ですら騒《ざわ》めく。

「あれが、コネクトの新しい姿……！」

「ナイフを更に強化した、さしずめ溶断用ブレードと呼ぶべきだろう！　クリス君、コネクトをここまで強化していたとはなっ！」

「ですが、数が多いですわ！　わたくし達も加勢に行かなくてはいけませんわ！」

リゼットは傍観では我慢できずに加勢しようとしたが、カムナ達は存外平然としている。

薄情なものかと彼女は呆れそうになったが、二人は別の意味合いで静観しているのだ。

「その心配なら無用よ。あんたが思ってるよりずっと、クリスは強いんだから」

「え？　まさか……」

カムナの目には、クリスが絶対に勝利するという確信があった。

まさかと思い、リゼットがもう一度彼の方に向き直ると、ただの技術士を自称する青年は凄まじい勢いで魔獣を撃破していた。

「コネクト、モード『火縄砲《ひなわほう》』！　高速射出されたリベットは痛いよっ！」

彼がコネクトの尻尾を引き出して刀身に接続すると、後部から引き金がせり出す。

それを銃に見立てて指をあてがい、トリガーを引くと、銀色のリベットが発射された。

アームズの修理時に撃ち込まれるものとは、発射速度も威力も段違いだ。

「数が多い……なら纏めて！」

それでも各個撃破しているからか、敵の数はあまり減っていない。

ならばとばかりに、今度は残った尻尾を引っ張り、銃身と接続した。

両端が鋭く伸び、棒の長さは倍近くになる。

これまでとは全く違う棒状のアームズになったコネクトを握り締めると、クリスはそれを一気に振り払った。

「『火炎錫《かえんしゃく》』で薙ぎ払うッ！　おりゃあぁッ！」

クリスを取り囲んで纏めて串刺しにしようとしていた魔獣が、瞬く間に吹き飛ばされた。

しかも、ロッドの端には赤熱ブレードが内蔵されていて、薙ぎ払われるのと同時に斬り払われたのだ。

「キュ、キュウィィ……！」

たちまち、辺りには魔獣の亡骸《なきがら》が散らばった。息をする怪物は、もうここにはいない。

群れごと絶命した怪物の亡骸を踏み越え、クリスは自らの意志で変形を解除したコネクトを肩に乗せると、ガタガタと震える新米探索者に手を差し伸べた。

「……よし、これで全滅かな。君達、怪我はない？」

「あ、は、はい……助かりました……」

「凄い戦い方だった……貴方はいったい……？」

未だに助かった実感がないのか、彼らは歯を鳴らしながら、クリスの手を取った。

コネクトを撫でつつ、彼は当然のように答えた。

「俺はただの技術士だよ。そしてこれは、俺の相棒だ」

『コーン！』

「そんな、これじゃまるでアームズだ……しかも、超高性能の！」

安心感が尊敬へと変わりゆく探索者達を前に、何とも言えない顔をするクリスだが、駆け寄ってきた仲間達が、彼の生米の恥ずかしがりな面を加速させてしまう。

「クリス君、流石だ！　私の出る幕がないほどの装備まで拵《こしら》えていたとは、やはり技術士としても探索者としても、一流のようだな！」

フレイヤがクリスと彼のツールを称賛すると、技術士は頬を掻く。

「フレイヤまで、大袈裟だって……コネクトの尻尾に溶断用の刃物と外装を補強するリベット、装甲を剥がす道具をひとまとめにしただけだよ」

「仮にそうだとしたら、それを怪物討伐に振るえるあんたの腕は大したもんよ」

「クリス様……クリス様の凄腕に、わたくし、もうメロメロですわ……！」

まさかここまで褒められるとは思っておらず、彼はどうにも困った顔をした。

自分は当たり前のことをしただけなのに、ここまで凄い、凄いと言われると、クリスは有頂天《うちょうてん》になるよりも先に羞恥心《しゅうちしん》が勝ってしまうのだ。

「そこまで言われると照れちゃうよ、リゼット……それはともかく、君達はこのまま撤退できそうかい？」

ちょっぴり染まった頬を隠すように、クリスはさっと話題を変えた。

「えっと、大丈夫そうです、なあ？」

「うん、私達はどうにか……」

「だったら、このまままっすぐ引き返して、上の階層に戻るといいよ。ダンジョンは生きてさえいれば何度でも挑めるからね、無理はしないでくれ」

新米探索者達は顔を見合わせ、自身の装備と怪我の具合、探査へのモチベーションを計算した。そこに魔獣の恐怖も加味すると、結論は決まっていた。

どう見ても、これ以上の進軍は危険だと、四人が四人、そう思っていた。

「……そうします。あの、ありがとうございます！」

「どういたしまして。それじゃあ皆、行こうか」

リーダーらしい少年の返事を聞いたクリスは、軽く微笑んで歩いていった。

そんな彼の脇を小突くカムナを含めた仲間が、彼の後を追ってゆく。

「クールに決めてくれるじゃない、このこの！」

「よしてよ、カムナってば……」

『コン、ココーン……』

好意を誤魔化すように茶化すカムナや仲間達と、照れるクリス、何故か一緒になって照れる仕草を見せるコネクトの姿を、探索者達はずっと眺めていた。

自分達も、いつかはああなれればいいなと、内心羨ましがってすらいた。


そうして姿が見えなくなって、暫《しばら》くしてから、やっと初心者一行は動き出した。

「探索失敗だね……」

「気にしないでいいって、誰だって一回目はこんなものだよ！」

「そうそう、今度は別のダンジョンで……あれ？」

互いを慰め合いながら第一階層へと戻った一同だが、ふとおかしなことに気付いた。

普段は探索者の憩《いこ》いの場になっている第一階層に、人が誰もいないのだ。

「……誰もいない？　おかしいな、入った時は他の探索者がいっぱいいたのに……」

いつもは探索できる最大人数に近い探索者、約十組前後がいてもおかしくないのに、今は誰もいない。

まるで忽然《こつぜん》と姿を消してしまったかのように、人の存在を感じないのだ。

どういうわけだろう、何があったのだろうと四人が顔を見合わせていると、ダンジョンの入口の方から、誰かが歩いてきた。

黒い衣服を纏ったその姿に見覚えはないが、ここにいるなら、相手はきっと探索者だ。

「あ、向こうから誰か来たよ！」

「探索者のルールは、すれ違ったら挨拶、だよ！」

気を取り直しつつ、四人はその黒衣の女性の前まで来ると、ぺこりと頭を下げた。

「こういう時でもしっかり挨拶をするのが大事だよね……あの、こんにち――」

下げた頭が、言葉の終わりと共に、ぐらりと揺れた。

四人が四人、全員の首から上がぼろりと落ちて、地面に転がった。

つまり、死んだ。

「――あ、が、あぁ」

生前の機能がまだ残っているかのように呟くリーダーの少年の首を、黒衣の女性は見下ろしていた。

だが、すぐに手にした杖を振るい、放たれたまばゆい光で亡骸を焼き払った。

それを踏みつけて歩き出す彼女の後ろから、ぬう、と何者かが姿を現した。

「先程のパーティーで……第一階層に残った探索者は最後です……」

黒い外套を着た、枯れ木のような男。

彼の右手には、長い、長い刃の爪が五本。

どうやって気配を消していたのか、彼の後ろから、同じ格好をした男女が現出する。

まるで暗殺者集団のような彼らを一瞥もせず、女性は歩むのをやめない。

「探索者の買収が間に合わなかった分は殺しなさい……別動隊は、もう最奥《さいおう》に？」

「とうの前に……準備して……おります……」

「あと二組で、東ルートを進む探索者は全滅しますね……お姉様の命令を果たす為に、他の探索者は皆殺しして……邪魔者を寄せ付けないようにしなさい」

「……畏まりました……」

ただ一人、一組を殺すべく、東ルートを進む他の探索者を始末する。

恐ろしい作戦を決行してのけた彼女達は、獲物を追い、最下層へと向かっていった。

◇◇◇◇◇◇◇◇◇◇

さて、上の階層で何が起きているかも知らず、クリス達は最後の扉を開けた。

重く固い扉をカムナが押し開けても、やはり風景はさほど変わらなかった。

代わり映えのしない景色は、それだけダンジョンの踏査が楽だという証拠だ。

「『深い庭』、ここがこの前とは別の最下層ってわけね。一度も来たことがないルートなのに、こんなにあっさり到着するなんて、予想外よ」

「それだけこのダンジョンが、初心者向けって証拠だよ。あの新米さん達も、もう一度挑戦すればきっと最下層まで来られるんじゃないかな」

前述した通り、肝心の新人達がどうなったのか、クリスは知る由《よし》もない。

「クリス様、早くティアラを！　ティアラを探しますわよ！」

一方、リゼットは呑気にも見える彼らの態度に焦るかのように、うずうずとしていた。

彼女の予想では、ここに思い出のティアラがあるはずなのだ。

「うん、分かった。落とした場所がどの辺りだったか、教えてくれるかな？」

「こちらですわ！　ついてきてくださいまし！」

クリス達としても、意味なく長居する理由はない。

彼女に引き連れられるかのように、扉と周辺の広間を離れた一行は、平原の中に点在する森の中へと入っていった。

最初に、嬉々としてリゼットが案内してくれたのは、ごつごつとした岩の周辺。

この辺りで、珍しい植物がないか探してみた記憶があるのだ。

「まずはこの岩の陰ですわ！」

「……見るからにないね……」

だが、どう見ても周辺にはティアラどころか、アイテムの一つだって落ちている気配がないし、岩の周りをぐるぐると歩いて探してみるが、やはり何もない。

「で、ではこっちの雑草の陰に！」

「ないわよ、何も」

次に、少し離れた雑草の群集地に案内されたが、そこにもティアラのかけらもない。金属の類どころか、魔獣の残骸《ざんがい》すら見当たらない。

「……あとは、わたくし達が話し合ったそこの……」

「うむ！　跡形もないな！」

ならばとばかりに、もう少し離れた、森でも草むらでもないところを指さしたリゼットだが、探し回るよりも先に何もないのが判明した。

その後も色々なところを巡ってみたが、やはり影も形もない。

今回の目当てとしていた『三色バナナ』は回収したが、ティアラだけは見つからなかった。

「さぁて、他に探す場所はある？　まだあるなら、あたし達が手伝ってやるわよ？　コネクトもまだまだやる気みたいだしね？」

『コンコン！』

コネクトは善意からの協力だが、カムナはそうでもないようだ。

「……も、もうあてはありませんわ……最下層にいたのは少しの間だけですし、鞄の中に入れていたティアラを落としたと気付いたのも、第三階層に一度上がってからですし……」

「というか、話を聞く限りじゃあ、本当にここで落としたのかも怪しいわね」

「そ、それは……」

不意にリゼットの言葉を遮り、何かを激しく擦り合わせるような甲高い声が聞こえてきた。

それも一つではなく、二つ、三つと増えてゆく。どう考えても、人間のそれではない。

「……この声、魔獣が集まってきているみたいね」

「それも、かなりの数だな！　我々の戦力であれば応戦してやれんこともないが、長居するのはいずれにしても危険だろうっ！　どうする、クリス君！」

ティアラ一つで仲間の命を危機に晒《さら》すのか、無理をしてでも捜索を続けるのか。

フレイヤに問いかけられたクリスは、リゼットと仲間を交互に見つめて言った。

「もう少し探せるなら、俺はそうしてあげたい。けど……」

『コーン……』

彼やコネクトの望みは、リゼットに寄り添ったものだった。

だが、クリスの優しさに反し、リゼットは現実を見据える冷静さを抱いていた。

「……戻りましょう。きっと、ティアラは見つかりませんわ」

俯《うつむ》いたまま、苦しげに呟く彼女を見て、クリスは静かに決意した。

「……そうか。なら、第一階層まで引き返そうか」

彼女が悔しい思いを堪えながら納得したのを見て、一行は踵《きびす》を返した。

扉のもとまで帰ってくるのに、それほど時間はかからなかった。

「クリス様……やはり、ティアラはどなたかが持ち帰ってしまったのでしょうか」

扉を開いて通路を進み、中ほどまで差し掛かると、リゼットがぽつりと呟いた。

「分からない。魔獣が食べてしまったかもしれないけど、いずれにせよ、ここにはもうない可能性が高い。ごめんね、リゼット、期待に応えられなくて」

「そんな！　わたくしこそ、クリス様に無茶なお願いを――」

もう少しで一つ上の階層に辿り着く。

次の扉を開く前に、リゼットがクリスに詫《わ》びようとした時だった。

「――な、なんだあぁッ⁉」

――突如として、通路全体が激しく揺れ始めた。

『深淵の森』で遭遇した鋼鉄魔獣《ギガメタリオ》『剛腕《ごうわん》』が暴れるのに似た震動だが、違う点もある。

なんと、何かが上から通路を砕こうとしたかのように、天井にひびが入って岩が落ちてきたのだ。

「まさか、通路が崩落するなんて⁉　皆、早く上がるんだ……」

普通、通路が崩れる事態などまず遭遇しない。

しかし、現に通路は崩れ落ちようとしている。

どうにか前進して上の階層に行こうとしたクリスだったが、そうはいかなかった。

「きゃあああぁーっ!?」

今度はリゼットの本体——アームズがどこからか伸びてきた、石が連《つら》なったかのような縄に引っ張られてしまったのだ。

クリスが慌てて掴もうとするが、ナイフはたちまち向こう側に消えてしまった。

「リゼット!? くそ、誰かが彼女を連れ去ったのか!?」

「クリス君、天井が崩れ落ちる! 一旦引き返すぞっ!」

扉の向こうに行こうとするよりも先に、岩石が完全に道を塞いでしまう。

どうにかして元の最下層へと戻った三人だが、リゼットだけがここにいない。どうして彼女を奪ったのか、何が目的なのか、唐突すぎてさっぱり分からない。

「はぁ、はぁ……どうなってるんだ、いったい……何で通路が……?」

「……その疑問はあたしも気になるけど、とりあえず答えは、目の前にいるみたいよ」

だが、思考する余裕はない。カムナの声を聞いて、クリスははっと顔を上げた。

そうして、カムナとフレイヤが既に臨戦態勢に入っている理由を知った。

「賭けてもいいわ――こいつらが何か、邪魔をしたってのにね」

黒い衣服を着た集団が、彼らを取り囲んでいたのだ。

『コン……⁉』

「……こいつらは、いったい……⁉」

『クリス・オーダー』を取り囲む面々は、誰もが黒のローブを纏い、右手には尖った五本の爪を携えたグローブを嵌《は》めている。

男女混合で人数は十人前後。

いずれも、探索者とは違う雰囲気――殺し屋のような雰囲気を醸《かも》し出している。

「知ったこっちゃないけど、正体が気になるなら、一人くらい捕まえてあげる。残りは――」

カムナが指をパキポキと鳴らしながら、一歩前に出る。

鼻を鳴らし、余裕を見せようとした彼女だったが、敵はそんな猶予《ゆうよ》すら与えなかった。

「――殺《や》れ！」

なんと、謎の集団は一斉に爪を振りかざし、全方向から襲いかかってきたのだ。

「話すらさせる気もないってわけ⁉　上等よ、ぶっ殺してやる！」

腕のシリンダーを前後させて敵に殴りかかるカムナだったたが、攻撃はひらりとかわされてしまった。しかもすれ違いざまに、敵は爪で引っ掻こうとしてくる。

猫や鼠《ねずみ》が引っ掻くのとはわけが違う、殺意の篭った一撃。

カムナは辛うじてかわし、衣服を裂かれた程度だったが、後ろからも攻撃されているクリスはそうはいかなかった。

「うわぁッ!?」

フレイヤの傍で応戦していた彼は、背後からの敵の襲撃で右足を切られたのだ。

『コォーンっ！』

コネクトが鳴くのと同時に、彼はよろめいた。

歩行や行動に支障はきたさなかったが、思わず膝をつくクリスの真上から、素早く動く敵が三体、脳天に爪を突き刺そうと跳びかかる。

フレイヤが襟を引っ張ったので、爪は代わりに地面に突き刺さった。

「成程、相当速いな！　クリス君、カムナ、油断するな！　こいつらは、プロだ！」

「プロって、何のプロよ!?」

「暗殺の達人だ！　彼ら彼女ら、全員の動きが人を殺《あや》める動きに精通しているっ！　どう考えても、ダンジョンに来る輩ではないということでもあるなっ！」

必要最低限の動きだけで人を仕留めようとする相手に、フレイヤは叫んだ。

「なら、目当ては探索者か？　それとも、まさか俺達……」

「……どっちでもいいわよ、そんなの。大事なのは、こいつらがあたし達の邪魔をして、殺そうとしてくる奴らだってこと。そして、説得なんて聞かないってことだけよ」

再度正面から弧を描いた陣形を組み立て、じりじりと歩み寄ってくる殺人者は恐ろしいが、確実な勝算があるからこそ、彼女は気丈な態度を取れるのだ。

「クリス、あれを使うわ。いいでしょ？」

接近してくる敵に対して、カムナはずっと背負っていた筒状の道具を下ろした。

彼女の足ほどの長さと、胴ほどの太さがある鋼鉄の筒を見て、クリスは一瞬だけ躊躇《ためら》った。

「まさか、この期《ご》に及んで、人命がどうとか言い出すんじゃないでしょうね？」

「……いいや、大事なものは分かってる。カムナ、やってくれ！」

カムナの言葉に背中を押されて、彼とコネクトが強く頷いた。

彼らはむやみやたらと人命を優先するほど間抜けではないし、必要であれば人の死を覚悟する勇気もある。

「任せなさい！　フレイヤ、地面をぶっ叩いて砂埃《すなぼこり》を起こして！　目くらましするのよ！」

「なんだか知らんが、任せろっ！　我流騎士剣術――『土竜斬《もぐらぎ》り』っ！」

何かをしでかすと見た暗殺者が突っ込んでくるよりも先に、フレイヤの攻撃が命中した。

ただし、彼女が大鋸を叩きつけたのは足元の平原だ。

耳を劈《つんざ》く『グレイヴ』の起動音と、地面を抉り取った際に発生した砂埃は、暗殺者達の足を止めるのには有効すぎるほどの煙幕《えんまく》となった。

「ぐおっ⁉」

「あの女、砂埃を起こすほどの怪力を……」

たちまち辺りを黄土色の煙が埋め尽くすが、敵からすれば危険性は低い。

相手が奇襲を仕掛けてきても、不意打ちに慣れている自分達に利がある。

「狼狽えるな、ただの目潰しだ！　探索者風情《ふぜい》が我々の速度に追いつけない証拠……」

暗殺者のうち一人が言う通り、クリス達の不利は明確だった。

「――そうね、あんた達は確かに速いし、数も多いわ」

――ただし、今この瞬間までは、の話だ。

煙が晴れて、改めて前後左右から爪で斬り裂いてやろうと構えた彼ら、彼女らの目に映ったのは、凡そ信じられない光景だった。

正面に立つカムナと、彼女の後ろにいるクリスとフレイヤ。

ここまでは変わりない。

変わっていたのは、右腕に筒状のアームズを突き刺したカムナの姿だ。

「だったら、纏めて風穴を開けてやればいいだけの話よ。このクリス特製重火器型アームズ――

『高速連射機関銃《ガトリングガン》』でね」

彼女の勝ち誇った声を聞いて、暗殺者達は思わず足を止めた。

よく見てみると、『銃』と彼女が言った通り、こちらに向けられた筒の底にあたる部位には、円を描くように六つの銃口らしき穴が開いている。

加えて、筒を支える三脚が地面にめり込み、きゅるきゅると筒が回転し始めている。

何よりも目を引いたのは、彼女が左手で握り締めた、筒から伸びたクランクだ。

クランクを回す動きに連動して回転する筒から、嫌な音が聞こえてくる。

地獄への葬送曲《そうそうきょく》にも聞こえるそれは、何かを発射する準備を整えているかのようだ。

「知ってるかしら？　あたしはクリスから聞いたんだけど、砲身を回すだけで連射が可能になる銃が、北国にはあるらしいわ。それの技術を転用したのが、これなんですって」

クリス・オロックリンの技術士としての腕前は、常識を超えた。

カムナの鋼の体に、アームズを接合させる新技術。

水浴び中も、就寝中も考えに考え抜いたアイデアの結晶《けっしょう》は、今ここで火を吹いた。

「知らないなら、身を以《もっ》て教えてあげる！　おりゃりゃりゃりゃりゃりゃあぁーッ！」

カムナが勢いよくクランクを回すと、筒が回転し、火花と共に弾丸の雨が解き放たれた。

ダンジョンの最奥地で、一方的な虐殺《ぎゃくさつ》が始まったのだ。

「がばばばば!?」

「ぶぎ、ぎいいいぃぃ!」

「うべべべべべ!」

地獄絵図《じごくえず》だった。死が、瞬く間に平原を支配した。

カムナがクランクを回しながら体を捻《ひね》ると、迫ってきた暗殺者も、一旦退こうとした暗殺者も、仲間を盾にしようとした暗殺者も、等しく死に至る。

ダダダダダ、と鳴る規則的な銃撃音が、発射の度に火花を散らす銃口が、死をもたらす。

フラッシュの如き重火器の光と弾き飛ばされる肉塊《にくかい》を目の当たりにして、聖騎士《パラディン》として何度も人や魔獣の死を目の当たりにしてきたフレイヤですら、息を呑んだ。

「……なんと、凄絶《せいぜつ》なアームズだな、クリス君」

「本当なら大型の魔獣を倒す為の必殺武器だからね。人間じゃあ耐えられない反動も、カムナの鋼の体なら、ある程度制御できる……おっと、終わったみたいだ」

一方で、クリスは自分が造り上げた兵器の成果に満足しているようだ。

ここが、まともな人間と技術士の違いだ。

頭のねじがどこか一つ抜けているのが、現実なのだ。

「ふう……最高ね、この銃! ちょっと右腕が反動で軋むけど、気にならないわ!」

そんな中、カムナの機関銃が唸り声を上げるのをやめた。クランクを回す手を止めた彼女の前には、過剰殺戮《かじょうさつりく》と言ってもいいほどの光景が広がっていた。

まともな肉体を残す者がほぼいない死屍累々《ししるいるい》の平原を、クリスがすたすたと歩く。

「クリス、念の為に一人だけ残しておいてやったわよ！」

「ありがとう、カムナ。『機関銃《ガトリングガン》』と右腕は後で整備するよ。さて……」

そうして彼は、カムナがわざわざ残した最後の一人――両足を弾丸で貫かれて動けなくなった暗殺者の前に座り込み、静かに告げた。

「選んでくれ。大人しく質問に答えるか――『解体』されるか、どっちがいいかな？」

『ココンっ』

仲間の命がかかっていると自覚したクリスは、敢えて普段の柔和さだけを表に出していた。

――血すら凍り付く冷徹さだけは、隠し切れていなかったが。

第四章　想い込めて透けて通り

「う、うぅ……？」

その頃、唯一仲間と切り離されたリゼットは、地面に仰向けに寝転んでいた。

幸い石の縄はナイフで切れたのだが、引っ張られた勢いを殺すことができず、クリス達を下に置いてきてしまった。

「わ、わたくし、何が起きて……クリス様、他の皆様は……？」

ぼんやりとした頭と透けた掌で現状を把握しようとしたが、そんな暇はなかった。

「――はっ！」

彼女の視界に、どこからともなく現れた銀色の細い刃物が映ったのだ。

まずい、と思った時には、リゼットの脳天に五本の爪が突き刺さっていた。

人間であれば即死は免《まぬが》れない一撃だが、彼女の体はその気になれば幽霊の如く透過してあらゆる攻撃を回避できる。

今回もその例に漏れず、リゼットは爪の奇襲を透かして回避し、さっと鎖付きのナイフを構えながら距離を取った。

何が起きたのか、と辺りを見回す彼女だが、答えは向こうの方から現れた。

「……デッドロウの一撃を避けるとは……大したものですね」

「いいえ、妹様……奴は……攻撃を透かしました……謎の、能力で……」

紫色のローブの上から黒衣を纏った少女と、黒い外套の男。

少女は水晶を嵌め込んだ杖を手にして、男は両手にそれぞれ五本の鋼の爪を携えたグローブを装備している。

「あなたがた、いきなり攻撃とは卑怯《ひきょう》ですわよ！　どんな目的があってわたくしを狙うのかは皆目見当もつきませんが、まずは名乗りなさいな！」

貴族として一対一の決闘を貴《とうと》ぶリゼットの言い分を聞いた少女は、少しの嫌悪感を露わにしつつ、フードを脱いで桃色の髪と林檎《りんご》のような頬、碧色《みどりいろ》の瞳を見せた。

「……パルマ。パルマ・リ・アルヴァトーレ」

「アルヴァトーレ……まさか、あのイザベラの家族!?」

パルマだ。

イザベラの妹である彼女が、リゼット達を暗殺しに来たのだ。

「お姉様の命で……貴女を、始末しに来たの。何も聞かず、死んでちょうだい」

「ふむふむ、つまりあのクソアマが、わたくしが生きていたと知り、ビビり散らかして殺し屋を差し向けたというわけですわね。上等じゃねえかですわオラァッ！」

リゼットは沸々《ふつふつ》と湧き上がる怒りのままに鎖を握り、振り回す。

「テメェの喉首掻っ捌いて、イザベラに叩きつけてやりますわよ！」

そしてすぐさま怒りを解き放ち、ナイフをパルマめがけて投げつけた。

速度、威力、共に申し分ない。

直撃すれば、頭を貫通して脳髄が飛び散るだろう。

「デッドロウ！」

しかし、そうはいかなかった。

パルマが従者を呼ぶと、瞬時に動いたデッドロウがナイフを弾いたのだ。

ならば、とリゼットは接近戦を仕掛ける。

すかさずナイフを二つとも投げ、鎖で操って左右から斬撃によるダメージを狙うも、これまたデッドロウの爪が完全に弾いてしまった。

「なっ……この男、素早い……！」

「妹様に……近づくのは……許さん……」

透過能力を見抜いたデッドロウに、リゼットは冷や汗を隠し切れなかった。

この男は、明らかにただの探索者《シーカー》ではない。

下手に踏み込めば透過を無視してでも喉を裂きそうな相手を前に、彼女は一歩退いた。

「離れなさい、デッドロウ……私も応戦します……『土尖塔《ロックピアス》』」

そこを狙い、パルマが杖の先端を輝かせると、リゼットの足元の地面が隆起して槍のようになり、彼女を貫こうとした。

無数の岩の槍はリゼットの腹や胸や足を貫通したが、彼女は血を吐かなかった。

「しみったれた土属性の魔法なんて、透けてしまえば効きませんわ！　おーほほほ――」

というより、怪我一つ負っていない。当然だ、全て透かしてしまったのだから。

魔法を見るのはこれが初めてだったが、彼女はさほど脅威だとは思わなかった。

魔法がどんなものかは生前に家庭教師から聞いていたし、炎でも水でも土でも鋼でも、透過してしまえば当たらないし、その間に避け切れるからだ。

「……光でございます……あの者は無意識に、光を避けています……妹様」

「ご苦労、デッドロウ。ならば――『日照射《サンビーム》』」

――しかし、彼女の考えはどこまでいっても戦い慣れないお嬢様のそれだった。

手を替え品を替え、あらゆる手段で殺しにかかる本物の殺人者が、彼女の特性と行動を見極めて対策を講じるのには、さほど時間がかからなかったのだ。

「しまった、強い光——きゃあああぁッ！」

目をくらますほどの強い光を浴びたリゼットは、咄嗟に身を隠そうとした。

（まずいですわ、ゲロまずですわ！　日光の下では能力も動きも制限されますの、というか体が溶けるって洒落になられえですわ！）

しかし、光から逃げ果《おお》せることができる者はそうそういない。

じゅう、と鈍い音が響き、彼女の肌を衣服ごと焼いてゆく。

「運が悪かったわね……この水晶は土だけじゃなく、陽の光を魔法として用いる……生命力の魔法が、私の力よ……」

デッドロウが現状で追撃すらしないほど、リゼットは不利な状況に追い詰められた。

「弱点は見つけたわ……まさしく幽霊……陽の光、強い光で……死に至るのね、ふふ……」

「陽の光を避けてるって、わたくしでも気付かなかった癖を、見抜いたっていいますの⁉」

「デッドロウを甘く見ていたのね……彼は人を、ものを殺す達人よ……弱点を見出し、仮説を立てて行動するなんて造作もないわ……」

パルマとデッドロウの推測が示す通り、日光の下では透過能力を使えないし、身体能力も大きく損なわれる。何より体が溶けてしまうので、消滅の危機すらあり得てしまう。

それでもどうにか影の中に飛び込もうと、リゼットは身を翻した。

だがここで、ようやくデッドロウが動いた。

「逃がさん……妹様の獲物である、お前は……死ぬのが、定め……」

「あぁぁッ!?」

アームズの爪でリゼットの肩を背後から貫いた彼は、そのまま彼女を地面に縫い合わせた。透過も抵抗もできないほど弱っている幽霊相手なら、この程度の追撃で十分なのだ。

「う、うぐうう……！」

どうにかしないと、とばかりにじたばたと手足を動かす彼女の前に、パルマが立つ。

「……念には念を入れて……『日光錠《ソーラーワッパー》』」

魔法使い《ウィザード》が杖を振ると、リゼットを縛る陽の光がうねり、手錠の形を取った。

それはリゼットの両手足に嵌まると、ダンジョンに縫い合わせてしまった。

（やっぱり透過能力がうまく発動しませんわ、超ムカつきますわぁ！）

ここまでしてようやく、パルマは陽の光を弱めた。

動けない程度には太陽の力でリゼットを照らしつつ、彼女はデッドロウに幽霊を拘束させたまま、静かに宣告した。

「これから、貴女を殺すわ……けど、その前にお姉様を安心させる為に……貴女に、認めさせたいことがあります……」

普段なら可愛らしく見えるはずの目は、今や冷酷な殺意に染まっていた。

「――貴女が死んだのは、貴女自身が無能だったからなのね？」

杖の先端を、這いつくばるリゼットの眼前に突き付け、パルマは言った。

彼女の宣告は、現実とはまるで違うものだった。

というより、「そうあったのだ」と、無理矢理書き換えさせる予定の現実だ。パルマもデッドロウも、イザベラが原因でリゼットが死んだのだと知っているようだった。

「……聞いたのかしら？　わたくしが死んだ、理由を？」

「いいえ……ですが、お姉様の顔色から……貴女が原因だと、窺い知れたので……」

だとしても、彼女は姉が原因であると認めないのだ。むしろ、リゼットに理不尽《りふじん》な言い分を認めさせることで、イザベラの罪悪感を軽減させようとしている。普通ならそれで良しとはしないだろうが、イザベラはきっと、そう聞いて安堵するだろう。

リゼットも、彼女達の内心くらいは読めた。だから、彼女の意志をぶつけてやった。

「……あのブタ女が大言壮語《たいげんそうご》のわりに、小便ちびって、わたくしを囮にして逃げるしか能がなかったからですわ。わたくしが死んだのは自分の愚かさが……ぐおあッ！」

罵詈雑言を叩きつけると、パルマは再び陽の光を強めた。

足の一部が溶け、腕の一部がなくなった影響でナイフを持てなくなる。回復を待てば持てるようになるだろうが、そこまでこの二人が彼女を生かしている保証はない。

完全に有利であるパルマは、姉が悪くないとリゼットに認めさせようとした。

「……言いなさい。お姉様を安堵させる為に……自分が、悪かったのだと、言いなさい」

「だぁれが言うものですか、このイカレ陰湿女！」

一方でリゼットは決して己に非があると認めず、顔を上げて、パルマに向かって喚《わめ》いた。

パルマの顔が怒りで歪《ゆが》むのも構わず、彼女は吼えた。

百歩譲ってイザベラが自身の罪を認め、許してくれと言わずとも自分が悪いという罪悪感を胸に秘めて生きているのであれば、リゼットは手を出そうとは思わなかった。

ところが、現実はどうだ。

二人がイザベラの罪を揉み消そうとしているのを見て、リゼットは怒りで震えた。

「人を安心させる為に現実を捻じ曲げる？　そんなことをしても、待っているのは消えない罪悪感だけですわ！　流石は三流姉妹、考えから行動まで、何もかもシャバいですわね！」

侮辱《ぶじょく》の意味を込めてゲラゲラと笑う幽霊を見て、パルマの怒りはいよいよ頂点に達そうとしていた。

愛する姉への冒涜《ぼうとく》は、どのような罪よりも重く、どのような罰を与えても赦《ゆる》されないのだ。

「デッドロウ、やりなさい」

「う、ぐ、おおぉ……！」

妹の命令で、デッドロウの爪が一層肩深くに、ずぶずぶと食い込む。

血は出ないが、存在しない肉体の苦しみと痛みがリゼットを苛《さいな》む。

「言うのよ、お姉様は悪くないと。無能で、塵屑《ごみくず》の自分の無知故に死んだのだと！　お姉様は絶対に過ちを犯さない、崇高《すうこう》にして高貴な存在であるとッ！」

息も絶え絶えなリゼットの髪を掴み、無理に顔を持ち上げた彼女は、不快感を隠しもせずに、冷たい声で最終宣告を下した。

ここでパルマに従えば、リゼットは苦しまずに消滅できたかもしれない。

もっとも、素直に従うのであれば、彼女の心が死んだも同然だ。

だから、返事は決まっていた。

「……ファッキュー、くたばりやがれですわ……ぺっ！」

幽霊の体でありながら唾をパルマの顔に吐いたリゼットの顔は、不敵に笑んでいた。

頬にこびりついた唾を服の袖で拭《ぬぐ》ったパルマは、ゆっくりと立ち上がった。

「……離れなさい、デッドロウ……陽の光を強め、溶かし殺します」

「はい、妹様」

思念だけで人を殺せそうなほど、彼女の憎悪は最早狂気の域に達していた。

デッドロウが爪を引き抜くと、パルマは水晶の光を強めた。さっきよりもずっと早く体が溶けていくのを、リゼットはただ眺めることしかできないようだ。

「お姉様には……私から伝えておくわ。クリスも貴女も、己の愚かさを呪いながら死んだと服諸共《もろとも》、体が溶けていくさまを、パルマは心底楽しみながらそう囁いた。

(こんなところでお別れなんて……嗚呼《ああ》、クリス様、無様なわたくしをお許しください)

体が失われていくのを感じながらリゼットが想うのは、自身の弱さでも、ましてやイザベラへの憎悪でもなく、己の我儘《わがまま》で巻き込んでしまったクリスへの謝罪だった。

このまま散り往くのだとしても、リゼットは運命だと思い受け入れる。

だが、クリスが死んでしまう、彼の仲間が喪《うしな》われてしまうのは心苦しい。ティアラ一つで自分についてきた者達が、イザベラの配下の者の手にかかって死ぬなど、耐えられない。

だとしても、もう諦めるほかない。

どちらにしても、この体は溶けるほかないのだと、腹を括《くく》った時だった。

「……何？」

ずん、ずん、と地面からおぞましい音が鳴り響いた。

まるで、ダンジョンそのものが悲鳴を上げているような音。激しい怒りが込められているようにも感じられる。

それを聞き、パルマもデッドロウも、リゼットから目を逸らして辺りを見回した。

「……妹様……この、音は――」

地面の揺れが一層大きくなる原因を、デッドロウは微《かす》かにではあるが察していた。

しかし、彼が音の正体をパルマに告げるには、遅すぎた。


「――もいっぱつッ！　カアアァムナアアアアァアッツックルッ！」


岩で塞がれた通路が爆砕されるのと同時に、死んだはずの連中が飛び出してきた。

「いよぉーし！　脱出完了よ！」

「ありがとう、カムナ！　あとは俺が、リゼットを取り戻す！」

先陣を切ったのは、シリンダーを前後させた強力な拳で岩を打ち砕いた、カムナだ。

当然、ぽっかりと開いた穴から駆け出してきたのは、ガッツポーズを決める彼女だけではない。

砂埃の中の影が動き、そのうち一つが二人に突っ込んできた。

その手には、既に銃の形に連結されたコネクトが握られている。

黒と紫の瞳で敵を見据えたクリスが、引き金を引くのを躊躇《ためら》う理由はなかった。

「彼女を返してもらうよ、パルマ！　オロックリン流解体術『弐式《にしき》』！」

彼が放ったのは、『剛腕』にとどめを刺した解体術。

コネクトの尻尾の先からリベットを放つ、必殺の銃撃だ。

「銃撃⁉　技術士《エンジニア》が、まさか⁉」

「妹様、後ろに」

瞬時にパルマの前に立ったデッドロウが、リベットを鋭い爪で弾いてしまう。

目にも留まらぬ銃撃を容易く防いだ男の実力は、やはりただものではないが、クリスの目的は他にある。この銃撃は、パルマとデッドロウに余計な邪魔をされないための牽制に過ぎない。

デッドロウが気付いた時には遅く、リゼットは光の錠を解体したクリスに引っ張られて、無事脱出を果たしていた。

「よし、リゼットは奪い返した！　それにしても……」

腕の中に抱かれたリゼットが辛うじて目を開けたのを見たクリスは、彼女の無事に安堵《あんど》しながらも、改めて仲間二人の強靭なパワーを尊敬した。

「崩れた通路に穴を開けて強行突破するなんて、やっぱり凄い威力だね……」

三人が閉じ込められた階層から脱出した手段は、いたってシンプル。

カムナの怪力とフレイヤの大鋸の威力で、強引に通路を掘り進めたのである。

「そうでしょうそうでしょう！　あたしをもっと褒め称えなさい、『凄いねカムナ、君以上に素晴らしいアームズはいないよ、一生傍にいてくれ』って言ってもいいのよーっ！」

「カムナ、本心が丸出しだぞっ！　突破には私も協力したのを忘れないで欲しいなっ！」

彼らが最下層から抜け出したのが信じられないのか、パルマは絶句した。

「……貴方達、最下層に閉じ込めたはず……！」

「はぁ？　見て分からないの？　あんた達が寄越した雑魚《ざこ》共を全員ぶっ飛ばして、通路に風穴を開けて脱出したって、それだけの話よ」

「ついでに、彼から話は聞かせてもらったよ。フレイヤ！」

眉間に皺と血管を寄せるパルマの前で、クリスが追い打ちをかける。

彼の隣に立つフレイヤがデッドロウの前に投げ捨てたのは、ぼろぼろに痛めつけられた黒衣の男。

唯一生かされたこの男は、クリスの要求を何度か拒否した。

しかし、人体を容易く百個近いパーツへと解体する術の一部を何度か味わい、全てを吐露するに至った。

「君達がどんな狙いで俺達を襲ったのか、リゼットだけを引き離したのかは、彼に全部喋ってもらった。まさか、イザベラの罪悪感を解《ほぐ》す為だけに、全員を殺そうとするなんてね」

アルヴァトーレ家が誇る暗殺者を名乗っていながら、体の四割近くを再起不能にされた程度で秘密を吐いた男に、パルマとデッドロウは心底呆れ返った。

「ぱ、パルマ様……もうじわげ、ありッ」

無様を晒した部下の謝罪すら聞かず、デッドロウは爪で彼の頭を串刺しにした。

分かり切っていた末路ではあるものの、それを容認する気にはなれない。

少し険しい顔でデッドロウを見つめるクリスだったが、ふと、腕の中のリゼットが服の裾を掴んでいるのに気付いた。

体を動かせるほどに回復した彼女の第一声は、死の間際に頭を過った後悔だった。

「……ごめんなさい、クリス様……わたくしが、ティアラを探しになど言わなければ……」

「いいんだ、リゼットが謝ることじゃないよ。君は悪くない」

怒声も罵声も覚悟していたリゼットだったが、代わりにクリスは溶けた腕に触れた。

少しだけ、溶けた箇所が元に戻った気がした。

クリスの人としての温かさは、リゼットにそう錯覚させるほどだった。

敵に見せる残虐性《ざんぎゃくせい》と解体術の恐ろしさとは裏腹に、彼の本質と言えるものは、人間としての朗《ほが》らかさと優しさなのだ。

「君は俺が直したアームズだ。そうでなくたって、今は大事な仲間だ――技術士がアイテムを、クリス・オロックリンが人を守るのは、当然だからね」

にこりと微笑んだクリスの顔を見て、リゼットの頬が、そして今はない心臓が熱くなった。

（……クリス様、素敵なお方……やはり、わたくしの目に狂いはありませんでしたわ……）

さて、この階層は今、ロマンチックな空気が流れるばかりではない。

計画が破綻《はたん》しつつあるパルマはというと、こめかみをひくつかせながら、杖を握る力を一層強めていた。

姉を侮辱された。

全てにおいて正しい姉を否定された。

それらの事実は、パルマの怒りの臨界点《りんかいてん》を突破させるには十分すぎた。

「……どうして、クリス……貴方が関わると、碌なことがない……」

「こっちの台詞だよ、パルマ。くだらない理不尽な我儘で、仲間に手出しはさせない！」

『ココンっ！』

ぎりぎりと歯を擦り合わせて怒りを漏らす彼女を、クリスが睨み、コネクトが唸った。

そしてそれが、パルマの憎悪をとうとう爆発させた。

「──どいつもこいつも、お姉様の思い通りにならない屑ばかり！　デッドロウ、何をしても構わないからあの女騎士とガラクタを仕留めなさい！　私はクリスを殺《や》るッ！」

「承知いたしました」

杖を高く掲げたパルマの命令に従い、デッドロウが走り出した。

狙いはもちろん、命令された通り、フレイヤとカムナだ。

猫の目の如く光る爪を携えた黒の幻影を前にして、カムナ達は退くどころか、真正面から立ちはだかった。

「さーて来なさい、悪趣味男！　爪ごと指をへし折ってやるわ！」

「……状況的に、正面から行くわけが、ないだろう……」

戦いを好むカムナとは違い、デッドロウの目的はあくまで暗殺だ。

呆れたように呟いた彼は、瞬時に姿を消したかと思うと、カムナの背後に突然現れた。

「やらせはせんっ！」

「む……！」

そうして勢いよく脳天めがけて爪を振るったが、すんでのところでフレイヤの大鋸『グレイヴ』に防がれてしまった。

宙に浮いたままの男は、くるりと体を捻って更に連撃を叩き込むが、いかに鋭い凶器であろうと、大鋸は貫けない。

「大鋸で防いだか……流石……暗殺部隊を、退けただけは……ある……」

「あんな大袈裟なやり口が暗殺だってのかしら！　男なら男らしく、あいつらみたいに正面からかかってきなさいよ！」

五発ほど攻撃を放って、デッドロウはやっと距離を取った。

相手が真っ向から戦おうとしない以上、自分の打撃は振るえない。カムナは拳をぶつけ合わせながら苛立ちを募らせる。

だが、デッドロウはカムナの言い分を微塵《みじん》も聞かず、再度姿を消して襲い掛かった。

「またも背後からっ！　そうはさせないぞ、暗殺者っ！」

今度はフレイヤの判断力が見事に働いた。

乱暴に空間を殴りつけようとするカムナとは違い、フレイヤは自らの死角から爪を向けるデッドロウの気配を察知していたのだ。彼女は躊躇《ためら》いなく大鋸を振るった。

唸る大鋸が爪と激突したが、今度は別の結末が待っていた。

なんとフレイヤは、わざと回転する刃の部分に爪をぶつけると、手袋諸共爪を鎖に巻き込んだのだ。自分のアームズを機能停止にする覚悟で、だ。

当然、大鋸は異物を巻き込んで煙を上げる。

咄嗟に手袋を外すことで腕が巻き込まれるのは免れたが、デッドロウは武器を片方失った。

（大鋸の回転に、爪を巻き込んだ……何という判断力……！）

貴重なアームズを無効化されたデッドロウは、今度こそ反撃に転じられなくなった。

さっきよりやや大袈裟に距離を取った彼の前で、フレイヤが飛び出そうとするカムナを引き留めた。

「冷静になれ、カムナ！　奴の気を引くだけでいい！」

「気を引くだけって、それじゃあ勝てないわよ⁉」

「この暗殺者を私達の方に留めておけば、クリス君達が自由に戦えるっ！　あのパルマ・アルヴァトーレを退かせれば、こちらの勝ちだっ！」

フレイヤの指摘を聞き、デッドロウは内心感心する。

（……元聖騎士《パラディン》、なかなかの洞察だ……妹様から一度離れた私を……留めるとは……）

デッドロウも、自分がパルマから離れるべきではないと思っていた。冷静さを欠いたパルマはその懸念通り、苦戦を強いられていたのである。

◇◇◇◇◇◇◇◇◇◇

「この、クリスの分際で……『岩石弾《ロックブラスト》』！」

一方、クリスとリゼットのコンビと戦っているパルマは、魔法を乱打しているだけで、まるで二人にダメージを与えられていない。

パルマが振るった杖の光を浴び、地面がまたも隆起する。

大地が炸裂《さくれつ》するようにクリスに飛来するが、こんな攻撃が命中するのなら、デッドロウはパルマの身の心配などしていない。

「クリス様、わたくしに掴まってくださいまし！」

リゼットの体にクリスがしがみつくと、彼女ごと二人の体が透けてしまった。

「当たらない!?　だったら……『日光斬《ソーラーカッター》』！」

その隙を狙って攻撃を仕掛けようとするクリス達に向かって、今度は水晶の中から光の刃を放つパルマだが、リゼットはさっと回避してみせた。

ただ透けるばかりではなく、避ける判断力もあるのだ。

「あの幽霊、触れた相手も透過させられる……それに、あれだけ溶かしてやった陽の光の傷も癒えたなんて……そんなバカな……！」

「おほほほ！　これが愛の力ですわ、テメェには理解できないだろうけどなですわ！」

驚愕するパルマに接近しながら、リゼットは口に手を当てて高笑いする。

そんな態度が、パルマの目を血走らせるほどの憤怒を引き出した。

「どこまでも……どこまでもどこまでもどこまでも、お姉様の邪魔をする愚か者共めぇぇぇ！　ならば、纏めて焼き払ってやるうぅぅッ！」

壊れたように──もしかすると本当に壊れてしまっているのかもしれないが、急に立ち止まったパルマは、迫ってくる二人に杖を突き付けた。

水晶が赤く染まり、何かが滴《したた》り落ちる。それは、陽の光で溶けた岩——溶岩だった。

「アルヴァトーレ家に刃向かう者を悉《ことごと》く焼き払う溶岩の津波《つなみ》、『日光津波《ソーラーウェイブ》』！　お前も、幽霊も、有象無象《うぞうむぞう》も全て炎の渦《うず》に沈むといいわッ！」

まるで地面そのものを呑み込む津波のように弾けた赤い泥《どろ》が、死んだ暗殺者の体に触れると、即座に灰と化した。

カムナやフレイヤのみならず、デッドロウごと、彼女は全員を始末するつもりなのだ。

「亡骸を瞬く間に灰にするとはっ！」

「まさか、仲間諸共あたし達を殺す気なの⁉」

「クリス様、あのブタ野郎は……！」

「そうはさせないよ。リゼット、俺の後ろについてきてくれ、とどめは任せる」

クリスの目に迷いはなかった。

ならば、リゼットも彼を信じるまでだ。

「……はい！　このリゼット・ベルフィ・ラウンドローグ、クリス様の愛妻として、どこまでもあなた様についていきますわ！」

コネクトの尻尾を三本連結させたクリスの後ろで、リゼットは不敵に笑った。

「ちょっと、あんた！　勝手にクリスの嫁《よめ》宣言してんじゃないわよっ！」

自身の危機的現状でも、カムナはリゼットの発言に突っ込まずにはいられなかった。

「あははは！　もう遅いわ、止められるはずがない！　自ら炎に呑まれて死になさいっ！」

杖を翳して津波を操るパルマの姿すら炎で見えなくなりそうだというのに、クリスはまだ余裕の顔つきを崩さなかった。

「そうかな！　炎の中でだって、俺の解体技術は揺るがない――だろう、コネクト！」

『コォーンっ！』

何故なら、彼は技術士で、コネクトは最高の相棒だ。

そして技術士とは、いかなる状況でも技術を不変にする者なのだ。

躊躇《ためら》うことなく溶岩の中に突っ込んだクリスは、床すら溶かそうとしているそれが自分に触れるか触れないかの刹那《せつな》の隙を突き、ロッドの姿を取ったコネクトを伸ばした。

「オロックリン流解体術――『弐式甲型《こうがた》』ッ！」

クリスは棒の端を握り締め、渾身の力で突きを放った。

高熱に惑《まど》わされない確かな一撃は、微かにパルマの水晶に当たった。

その途端、尻尾の先端が触れた、水晶と杖の先端を繋ぐ部位が剥《は》がされてしまった。

ぽろり、と水晶が杖から外れた途端、溶岩がたちまち固まった。

（何ですって⁉　先端を掠めただけで、水晶の繋ぎ目を破壊したというの⁉）

恐るべき解体技術に驚愕するパルマだが、同時ににやりと笑いもした。

「だけど、貴方の解体術はここまで届かないわ！　どこまでも間抜けね、クリス――」

デッドロウを呼び戻して反撃すればいい。自分が無事ならどうにかなる。

だが、甘い。

甘すぎる。

果たしてパルマの愚かな考えは――彼女が想定する限り最悪の結果をもたらした。

「――間抜けはテメェですわ、クソボケが」

「えっ」

怒りの声が、パルマを現実へと引き戻した。素《す》っ頓狂《とんきょう》な声を上げ、パルマは我が目を疑った。

クリスの体を、ナイフを構えたリゼットが、透けて通ってきたのだ。

まずい、避けなければ、攻撃が直撃する。

思考はようやくまともに戻ったが、全てが遅かった。

「究極必殺、愛の奥義《おうぎ》！　『ノーブル・プライド』ッ！」

リゼットが大声と共に放った、一対のナイフの斬撃は、彼女の右目を斬り裂いた。

「――うぎゃあああああぁぁぁッ⁉」

顔面を押さえながら地面に激突し、倒れ込んだパルマの絶叫が響いた。

「妹様！」

流石にこの状況で動かないのはまずいと思ったのか、さっきまでの冷静さをかなぐり捨てた形相で、デッドロウがパルマに駆け寄った。

「目、目、目が！　私の、お姉様にそっくりな目がああぁ!?」

彼女はというと、デッドロウが傍にいるのも構わず、顔を覆《おお》って喚いている。

その両掌の内側から、血がどくどくと溢れ出していた。

「……勝負あったね。デッドロウ、これ以上は無意味だ。彼女を連れて退くといい」

「何を、なにをおぉ!?　塵共《ごみ》、絶対に生かして帰すか！　皆殺しにして、お、がっ」

クリスの言葉に激高するも、パルマの体は脳を焼くほどの痛みに耐えられるほど鍛えられてはいなかった。

言葉の途中で糸が切れたように気を失い、だらりと手を垂らす。

カムナ達、リゼットですら追撃しないこの状況は、右目に二本の傷を受けたパルマの完全敗北を意味していた。

「痛みが限界を超えて、気を失ったみたいだ。どうする、まだ戦うかい？」

クリスは唯一残されたデッドロウに、静かに聞いた。ぐったりと動かないパルマを見つめる従者は、彼女よりも幾分冷静だった。

「……ギルド本部に、報告しようが無駄だ……私の部下は……我々の襲撃の証拠にはならない……これで、終わりでもないのだ」

「忠告ありがとう。ギルドに報告はするけど、君達を破滅させるつもりはないよ」

「……フン」

目的の達成か、仕《つか》える者の命か、どちらが大事かを見極められる程度には、彼はまともでもあった。

一方で、冷たい声に対して、クリスは穏やかに答えた。

穏やかではあったが、目はまるで笑っていなかった。

その右目は白目が黒く、瞳は紫。人間とはかけ離れた目に見据えられ、デッドロウは知らないうちに、自分の額を汗が流れているのに気付いた。

それでも平静を貫いた彼は、長い髪と外套を翻し、たちまち姿を消してしまった。

高速移動ではなく、文字通り消えてしまったデッドロウを見て、カムナは目を丸くした。

「消えた！　あいつ、どうやって!?」

「パルマと同様に魔法を使える可能性も考慮《こうりょ》できるだろう！　それよりも……」

フレイヤが言う通り、カムナはもっと別の事象に気を向けるべきだ。

「クリス様、わたくし達の愛の勝利ですわぁーっ！」

「り、リゼット⁉」

「あの二人を落ち着かせて、『深い庭』の第一階層へと戻らないといけないなっ！」

例えば、感極まってクリスに抱き着くリゼットとかに、だ。

フレイヤにもう一度声をかけられて、カムナはやっと二人を見た。あたふたしているクリスと、頬ずりまでしてのけるリゼットの姿を。

天然気質でカムナ達の頬を赤らめさせるクリスだが、いざ自分が直接的なスキンシップを取られると、目がぐるぐる模様になってしまうほど困惑してしまうらしい。

「あのさ、とりあえずダンジョンを出て、君と皆のアームズを直して、またギルドに報告しないと！　だから離してくれないかな、ね、ちょっとだけでいいから！」

「嫌ですわ、お断りですわ！　もっとずっと、クリス様の愛情を感じていたいんですわ！」

「ダ・メ・に！　決まってんでしょうが！　さっさとあたしのクリスから離れなさーいっ！」

そんなリゼットの独擅場《どくせんじょう》を、クリス最高の理解者を自称するカムナが許すはずがない。

さっきまで命がけの戦いをしていたのも忘れるくらいのドタバタ劇が繰り広げられる。

傍から見れば滑稽《こっけい》だが、三人がもみくちゃになる姿を遠くから見つめるフレイヤにとっては、安心できる光景でもあった。

「……君は不思議だな、クリス君。人の苦しみすら、喜びに直す力があるんだから」

デッドロウとの戦いのせいで微かな煙を上らせるグレイヴを脇に置き、彼女は微笑んだ。

◇◇◇◇◇◇◇◇◇◇◇◇

『クリス・オーダー』がダンジョンから戻ってきたのは、事件から数日後だった。

ギルドを訪れた理由は当然、『深い庭』へのダンジョン探索班の派遣《はけん》依頼の申請。

そしてイザベラおよび『高貴なる剣』の悪行を報告する為だ。

前者はというと、あっさり受諾された——どうやら他の探索者《シーカー》からもおかしな事態が起きていると通達があったようで、即座にギルド側は動いてくれた。

問題は、後者の方だ。

「——あーっ、ムカつく！　結局『高貴なる剣』はお咎めなしって、どういうわけよ⁉」

宿の一室で怒鳴り散らすカムナの言葉が、答えだった。

椅子に腰かけるフレイヤすら、やや納得いかない表情だ。

この場で平穏な気持ちでいるのは、ベッドで寝息を立てるコネクトだけだろう。

すっかり故障してしまったフレイヤの大鋸を修理しながら、クリスも彼女達の様子を見て苦笑いするしかなかった。

——なんと、彼らの言い分は明確な証拠がないとして、突っぱねられてしまったのだ。

「仕方ないよ。証拠があっても、どうとでも言い訳はできるから……」

「なによ、今更悪事を揉み消そうってわけ!? 最悪じゃないの、余計にムカつくわ！」

「そうカッカするな、カムナ！ 罪はいずれ罰せられる日が来るものだっ！」

考えれば考えるほど、机を蹴飛ばしたくなるくらいに怒りを募らせるカムナに、どっかりと座り込んだフレイヤが言った。

「どちらにせよ、『高貴なる剣』の悪評は既に広まっているっ！ Bランク以上のダンジョンを攻略しない点も含めて、ランクを金で買ったことが露呈《ろてい》しつつあるようだなっ！」

彼女も悪が放置されるのは許せなかったが、イザベラ達の栄光の崩壊が近いと察していた。

高ランクダンジョンに挑戦しない点や、元仲間のジェイミーがクリスに返り討ちにされた一件も含めて、彼女達に本当にAランクパーティーとしての能力があるか、疑問の声が上がっていた。

もとより短い間の盛栄《せいえい》でしかないのは目に見えていたのだ。都合の悪い事実を黙っているようギルド本部から世間に通達できたとしても、実際に黙らせるのは不可能だろう。

「……ふん、言われてみれば、確かにそうね。ガキの悪知恵なんて、たかが知れてるわ。あいつらが破滅するのも時間の問題なのよ……ところで」

百歩譲ってようやく、カムナは納得した様子だった。

ただ、だとしても納得いかない点はまだ、彼女には残っていた。

「何でリゼットが、まだここにいるのよ？」

彼女の視線の先――一対のナイフとリゼットが、まだこの部屋にいることだ。

「どうしてって、行く当てがないからですわ」

口を尖らせるカムナに対して、えせお嬢様はさらりと答えた。

「行く当てがないって言ったたって、目的はもうないんでしょ？　だったらどこにでも……」

「カムナ、いいじゃないか。もうリゼットは、俺達の仲間だろう？」

「ぶー……クリスってば、本当にこいつに甘いんだから……」

どうにもリゼットとは水と油らしいカムナとしては、噛みついてしまうのも仕方ない。

だが、クリスにこう言われれば、反論のしようもない。

リゼットがいると害があるわけではないのだから、無理に追い出す理由もないのだ。

クリスは頬を膨らませるカムナにはにかみながら、調整を終えて新品のような綺麗さを取り戻した大鋸をフレイヤに返す。

それから、ふと、思い出したように荷物を漁り始めた。

「……ああ、そういえばリゼット、君に渡すものがあったんだ。どうぞ」

そうして、掌よりも少し大きな何かを取り出すと、リゼットの透けた掌に置いた。

「……これ、は？」

目を丸くした彼女に渡されたのは、ティアラだった。

いや、正確に言うと、ティアラの形を模した置物といったところか。飾りの宝石もなければ金銀の装飾もないし、そもそも華やかさすらない。

ちょうどアームズしか造れないような男が、どうにかこうにか装飾品を真似《まね》て鉄をいじれば、手元のそれになるだろう。

いったいどうして、こんなものを渡したのか。

「昼間からアームズの調整をしていた時に、余った鉄材で造ったんだ。どんなティアラかは分からないけど、君には大事なものだったっていうのは分かるから、さ」

ちょっとだけリゼットから目を逸らした彼は、どこか申し訳なさそうだった。

クリスがどうして目を合わせないのかというと、自分の造った完成品の質が悪いと分かっているからだ。

アームズ専門の技術士が、煌びやかな飾りを見様見真似で仕上げようとするのだ。

無理難題であって当然である。

つまり、今のクリスの態度は、照れ隠しのようなものなのだ。

「ま、ティアラを見つけられなかったお詫び、ってところだよ。その模造品は、もっといいものが市場とかで見つかるまでの、代わりの置物だと思ってくれれば――」

ちょっぴり視線を幽霊に向けると、彼女は俯き、震えているようだった。

しまった、とクリスは思った。

こんな雑な工芸品未満のティアラもどきを渡せば、余計に傷を抉ってしまう。

女心を理解していないと、カムナやフレイヤからも叱られてしまうだろうと彼が内心反省していると、リゼットがやっと顔を見せた。

「――ぐりずざま……わだぐじ、ぐぞかんげぎじばじだわ……」

彼女は泣いていた。

どこから漏れ出しているのか疑問に思えるほどの量のそれは、はらはらと流す涙ではなく、最早男泣きの域に達していた。

「ごんな……ごんな、ずでぎながだとむずばれるなんで、わだぐじ、わだぐじ……」

リゼットのリアクションは、クリスとしては嬉しい気持ちだったが、ここまで喜んでくれるのは想定外だった。

洪水《こうずい》かと思うほど、鼻水すら垂らして泣き続けられると、かえって反応に困ってしまう。

「あはは、泣くほど喜んでくれるのは意外だったな……カムナ、どうしたの?」

どうしたものかと言いたげな顔で頭を掻くクリスだったが、問題は別にもあった。

わなわなと震え、拳を握り締めるカムナが見せた顔は、嫉妬と怒りに満ちていたのだ。

「クリス、あんた、あんたねぇっ！　あたしにプレゼントの一つだって渡したこともないくせに、こんなぽっと出の幽霊にティアラだなんて……この浮気者ぉっ！」

「え、えぇぇっ⁉」

カムナがわっと叫ぶと、今度こそクリスは完全に困惑してしまった。

「う、浮気⁉　浮気ってわけが分からないよ、って、うわぁぁ⁉」

カムナの激怒の理由が分からずに戸惑うクリスだったが、事情を聞く前に彼女に肩を掴まれて、とんでもない勢いで揺さぶられた。

視界をがくがくと振り回される彼の前で、カムナは火を吹く勢いで怒鳴り散らした。

「どこからどう見ても浮気でしょうが！　こいつにティアラをあげたんだったら、あたしには指輪を用意しなさいよ！　もちろん薬指に嵌めるサイズで、あんたの分も用意しなさい！」

「指輪⁉　そ、それくらいなら造れるけど、何で俺の分まで⁉」

「うむ！　クリス君、君は少し自分の鈍感さを反省した方がいいなっ！」

「フレイヤも⁉　腕を組んでないで、俺を助けてくれると嬉しいんだけど⁉」

いつもはクリスとカムナの間に割って入ってくれるフレイヤも、彼に反省を促してそのまま傍観している。

「ぐりずざまっ！　いっじょう、わだぐじをしあわぜにしでぐだざいまじーっ！」

「リゼットはリゼットで、もう何言ってるかが分かんないってばーっ！」

カムナとフレイヤの言い分は把握できないし、半《なか》ばパニックにすら陥りかけているのに、そんなクリスに追い打ちをかけるかの如く、リゼットが飛びついてきた。

カムナとリゼットにもみくちゃにされたクリスは、お嬢様の愛の告白が終《つい》ぞ聞き取れず、ソファに倒れ込んでしまった。

（お母様、お父様、家族の皆様。わたくしはこんな姿になりましたが、とっても幸せですわ）

笑い声、泣き声、怒り声、その他諸々――総じて明るい、楽しい声。

またも宿中の人が集まってきそうな騒ぎの中、クリスの胸に飛び込んだリゼットは思う。

父へ、母へ、これまで知り合った全ての人へ伝えたい言葉。

心の中で閉じた瞳が、導く新たな願い。

（そして、約束しますの。いつか必ず、帝都まで会いに行きますわ。こんな姿でも、ちゃんと見てもらえるなら、わたくしは二人の娘でいられますもの！）

一つは、帝都に残した家族との再会。

（人生の伴侶《はんりょ》であるクリス様を連れて、心配させた分の笑顔と元気を皆様に与える――リゼット・

ベルフィ・ラウンドローグとしての務めを果たす為に！）

もう一つは、愛する人との幸福を分け与える使命。

（クリス様を夫として迎え入れたその日に、会いに行きますわ！）

運命の王子様の首にしがみついて離れない彼女は、紛れもなく幸せだった。

◇◇◇◇◇◇◇◇◇◇

一方、街で最も高級な宿の一室では、幸せとは縁遠い声が響き渡っていた。

「――この、愚図《ぐず》があぁッ！」

声の主は、貴族にして探索者のイザベラだ。

ただし、その顔は凄まじい形相と化し、常日頃の余裕は微塵も感じられない。

醜悪に表情が歪んでしまうほどの激昂は、アームズの鞘《さや》を振るう腕にも表れていた。

「私が、何と言ったか、覚えていないの!? 連中を始末しろと、言ったのよ、私は！」

彼女が豪華な飾りのついた鞘を振り下ろし、骨すら砕きかねない勢いで殴りつけているのは、片目に包帯を巻いたパルマだ。

どうしてパルマがこうなっているかというと、クリス達の暗殺に失敗し、あまつさえ殺人用に寄越した部下を容易く死なせてしまったからに他ならない。

クリス達とは別ルートで撤退し、探索すら達成できず、目の治療《ちりょう》をして夜に宿へと戻ってきた二人に対してイザベラが労をねぎらうはずもなく、今に至るのだ。

「あぁッ……お姉様、申し訳……申し訳、ございません……ふうぅっ！」

ちなみに、奴隷《どれい》のように床に蹲《うずくま》り、衣服の下から血が滲《にじ》んでいるのが分かるほどの勢いで殴られているというのに、パルマは一向に抵抗する素振《そぶ》りを見せなかった。

むしろ笑みを浮かべ、嬌声《きょうせい》すら上げる様は、妹の異常性と変態さを一層際立たせていた。

「パルマ、貴女を過大評価していたようね！　アルヴァトーレ家の『暗殺部隊』を纏める権限を与えたのは、貴女の冷徹さと、仕事を完遂する技術を認めていたからよ！　たかが目を片方奪われたくらいで、逃げ帰ってくるなんて、使えない妹ねッ！」

「申し訳、あ、申し訳ありませんッ……何なりと、仕置きを、愚かな私に……！」

明らかに悦《よろこ》んでいる妹の背中を今度は強く踏みつけるイザベラ。その怒声があまりに大きすぎたからか、とうとう彼女の後ろにいたデッドロウが口を開いた。

「……お嬢様……騒げば、周囲に……秘密を知られます……」

「黙りなさい、デッドロウッ！　お前もすごすごと逃げてきたわね、生き恥を晒してッ！」

デッドロウの無表情も癪《しゃく》に障《さわ》るのか、イザベラは彼の顔面を平手打ちし、蹴り飛ばした。

椅子やテーブルを倒して喚き散らす姿は、まるで怪獣のようだ。

「Aランクパーティー『高貴なる剣』として下民共の上に立つはずが、クリスとリゼット、あいつら如きに邪魔されてるなんて！　ダンジョンも、この世界も、全て私の遊び場に過ぎないのよ！　あいつらのような有象無象が邪魔していいわけがないわッ！」

イザベラの望みは、リゼットのように純粋でも、ましてやまともでもなかった。

己の空虚を満たすものであれば何でもよいと手を伸ばし、飽きれば捨てる。

しかし、戯れを邪魔する者は徹底的に叩き潰す。

あまりにも恐ろしく、邪悪な主の様を見て、デッドロウも思うところがあった。

（……遊び場、か……お嬢様、歪んだお考えを……）

だが、従者として決して口には出さず、静かに言った。

「……それよりも、お嬢様……旦那《だんな》様から、荷物が届いております……」

荷物。

そう聞いたイザベラは、ようやくパルマを踏みつける足を止めた。

「ふぅ、ふぅ……お父様から、何が届いたと？」

「お嬢様が欲しがっていました……『魔剣《まけん》』にございます……普通のアームズでは、満足できないとお聞きした旦那様は……闇《やみ》商人から手に入れられました……」

彼が部屋の奥へと向かい、取り出したのは、黒塗りの木箱だった。

一見するとただの木製の箱だが、明らかに異様な雰囲気が内側から漏れ出していた。『魔剣』と呼ばれるのに相応《ふさわ》しい邪悪なオーラは、可視化できるほどであった。

あまりのどす黒さに吐き気すら覚えるほどだというのに、どうしてデッドロウが持ってくるまで気付けなかったのか。

「世にまだ存在を知られぬ魔剣――『トツカノツルギ』を」

魔剣と聞き、イザベラの顔が、今度は喜びで醜く歪んだ。

「……そう。ようやく手に入れたのね、あの男は」

彼女の言うところの「あの男」とは、恐らく父親のことだろう。およそ微塵も敬意を払わない呼び方の通り、愛情など欠片《かけら》も持ち合わせていないと窺える。

すっかり関心を妹から失った彼女は、パルマから足をどけ、背を向けた。

「パルマ、貴女への処罰は終わりよ。次、同じ失態を犯せば、命はないと思いなさい」

「ああ、お姉様……聖女《せいじょ》の如く、なんとお優しい……！」

よろよろと立ち上がりながら、姉の寛大さに打ち震えるパルマ。

そんな彼女を見ながら、デッドロウはイザベラへの複雑な思いを拭えなかった。

（全てを戯れとし……飽きれば次の玩具《おもちゃ》を選ぶ、それがイザベラお嬢様……権力と財力で押し通してきたが……いずれ、お嬢様に待ち受けるのは破滅のみだ……）

彼の心境に気付くことなく、イザベラは目で、箱を早く開けろと命令していた。

「『トツカノツルギ』、といったわね。デッドロウ、名の由来は何なのかしら」

「柄に刻まれた文字を……とある学者が、解読したと、言われています……」

「あの男はこれがどんな力を持っていると？」

「……『トツカノツルギ』は、まだ誰も、握ったことがないと……持ち主は、触れることすら能《あた》わず、死ぬとすら噂《うわさ》され……秘めたる力は、謎です……」

デッドロウが聞かれた事柄に正確に答えると、イザベラは呆れた調子で首を横に振った。

「使えない男共ね。まあいいわ、ならば私が魔剣の最初の持ち主になってあげる」

愚民への不満を隠しもせず、イザベラはデッドロウから箱をひったくり、開けた。

赤い布に包まれた剣を一目見た途端、彼女はそれが放つ魅力のとりこになってしまった。

「……美しいわね。吸い込まれそうな黒い刃……気に入ったわ」

『トツカノツルギ』は、全てが純粋なる黒だった。

しなやかな柄、わずかな欠けも見当たらない完璧な刀身、傍に置かれた無骨ともとれるほどにシンプルな鞘。

全てが、鏡のように人を映すほど、真っ黒に染め上げられていた。

こんな剣を、『特別』を望み続けるイザベラが気に入らないわけがなかった。

触れた者が皆死ぬと警告されていたにもかかわらず、イザベラは躊躇《ためら》いなく箱の中のトツカノツルギに手を触れた。

「見たことのない素材のアームズね。ますます気に入ったわ、これなら私の退屈を――」

その途端、彼女の体が急に大きく震えた。

どくん、と心臓がいつもの何百倍も大きく鳴ったかのように、彼女にだけ雷が落ちたかのように、イザベラの肉体が異様に震えたのを、パルマも、デッドロウも見逃さなかった。

見るからに気配の変わった背中を、二人はじっと見つめた。

「お姉様？」

「……お嬢様……いったい……」

二人が彼女の背中に手を触れようとすると、先にイザベラが振り返った。

いつもの碧色の目。桃色の髪。煌びやかな雰囲気は、間違いなくイザベラのそれだ。

「――ふう。パルマ、デッドロウ。探索者には、もう飽きたわ」

ただし、その口から発された言葉は、彼女のものではないようだった。

なにせ、あれだけ執着していた探索者を、辞めると言い出したのだから。

「……は？」

「イザベラお嬢様、何と……？」

流石のパルマとデッドロウも、目を丸くして聞き返した。いかに彼女が飽きっぽく、いろんなことを途中で投げ出していた人間だとしても、それはある程度のところまで行ってからだ。人の立場を奪ってから捨てるのを、彼女は好んでいるのだ。

なのに、イザベラはクリスに復讐《ふくしゅう》すらせず、Aランクパーティーの威厳《いげん》すら見せず、全てどうでもよくなったかの如く、探索者の立場を捨てると言った。

今のイザベラの顔は、確かに彼女そのものだが、雰囲気は憑《つ》き物《もの》が落ちたどころの話ではない。醜悪さと共に、人格すら削ぎ落されたかのような顔だ。

「飽きたと言ったの。こんな退屈な遊びに、わざわざアームズまで造らせて、ジェイミーまで巻き込んで一喜一憂《いっきいちゆう》していたなんて、恥ずかしくなるわね」

「では、お嬢様……探索者を……お辞めに、なると……？」

「ええ、辞めるわ。その代わり、もっと楽しいことに興《きょう》じようと思うのよ」

剣の切っ先を床に触れさせながら、彼女はゆっくりと窓へと向かう。

「どうして私が満たされないかが分かったわ。無理に下民と馴染《なじ》もうとしていたからよ、下民の強《し》いたルールに従おうとしていたからよ。それそのものが、不快だったのよ」

そんなことを、月を眺めながら呟くものだから、思わずデッドロウは正気を疑い、目を細めた。

「……大丈夫ですか、お嬢様……？」

「大丈夫よ、むしろすっきりしたわ。自分に敬意を払わない者達、ただ黙っていることすらできない者達をどうしたいのか、自分を偽《いつわ》らなくて済んだもの」

いつもなら反論すら許さないイザベラも、今ばかりは寛容な様子だった。

「壊したいのよ、私は。この世界も、人も、『カミ』に従わない何もかもを」

デッドロウは直感した。彼女は今、今までで最も危険だと。

人を人とも思わない目。意味不明の言葉を発する口元。独裁者や大量虐殺者に似た目。

何度も人の死を見てきたデッドロウにとって、人となりは目で察せるものだ。

その彼だからこそ、確かに言い切れる。

この少女――イザベラに、トツカノツルギを持たせるのは危険だ。

だが、奪い取るには遅すぎた。

「何をするとしても……私は、お姉様を……手伝います」

パルマは跪き、深々と頭を下げる。

最高にして最悪の協力者を得たイザベラは、パルマとデッドロウに向き直り、微笑んだ。

「ありがとう、パルマ。それじゃあ早速、この地を人の死で満たしましょう」

壊れた目と、壊れた笑みと、おぞましい剣を携えて。

「――カミを呼ぶ、聖なる地にする為に」

彼女は今、貴族から、たがの外れた殺人鬼へと。

ホープ・タウンを死で満たす、悪の権化《ごんげ》へと変貌《へんぼう》を遂げた。

第五章　『高貴なる剣』の違和感

「ちょっと、いいかな？」

エクスペディション・ギルド本部から少し離れた酒場。

リゼットが加入した『クリス・オーダー』の面々が、いつものように探索を終えてテーブルでお酒と食事を楽しんでいると、ふと、誰かに声をかけられた。

「……貴方は！」

振り向いたクリスは、驚いてジョッキを落としそうになった。

『コン！』

コネクトもまた、その人物を知っていた。

彼らの後ろからひょっこりと顔を出したのは、髭面《ひげづら》の男性だ。

セミロングの青い髪と、二十代後半の精悍《せいかん》な顔つき。衣服は間違いなく探索者《シーカー》のそれなのだが、気になるのは、テーブルのわずか上からしか顔を出していない点だ。

まるで常にしゃがんでいるかのような男は、朗らかな声で話を続けようとしたが、そもそも彼が誰かを知らないカムナが首を傾げた。

「……あんた、誰?」

「あんたって、カムナ、失礼だよ! この人は……」

「いいんだ。僕は普段外に出ないから、知らない探索者も多いだろうしね」

車輪がカラカラ、コロコロと動く音がする。

どこから聞こえるのかと一同が視線を向けた先で、男はクリスの後ろから姿を見せた。

彼の姿を見て、やっと三人は、男の低身長の理由を知った。

「名前を聞きたいなら、疑問に答えよう。僕はケビン……ケビン・ジェンキンス。エクスペディション・ギルド本部長を務めている、元Bランク探索者だよ」

ケビンと名乗る男は、太腿《ふともも》から下がなかった。

代わりに、彼は魔獣の装甲を纏った車いすに乗っていたのだ。

「その足……！」

「それに、車いすも普通じゃありませんの！」

「疑問に答えよう。僕の足は、探索者だった頃に、同業者だった今の妻を怪物の攻撃から守って失った名誉《めいよ》の証だ。もう一つ、この車いすは魔獣の素材を使って造ってもらった特注品だよ。特殊な脚がついていて、階段を上るのに便利なのさ」

彼が後部を指さすと、なるほど、ジャッキのような脚が車いすの後部に備え付けられている。これを用《もち》いて階段を歩くさまは、想像するとおかしなものだ。

「で、その本部長が、あたし達に何の用？」

「そうだな、単刀直入に、疑問に答えるとしよう」

疑問に答えよう、が口癖らしいケビンは、椅子を転がして四人が見えるテーブルの端まで来て、さらりと言った。

「『高貴なる剣』のイザベラ達がどこに行ったか、知らないかい？」

びりり、とクリス達に嫌な空気が奔った。

当然だ。イザベラと彼らの間に因縁があることは、いまやギルド所属の探索者で知らない者はいないし、クリスの方が何かされたのではと疑う人もいるくらいなのだから。

「……どうして、俺達に聞くんですか」

「一応言っとくけど、クリスはあいつらに酷い目に遭わされたって知ってるのよね？　その古傷を抉るつもりなら、車いすを叩き壊されても文句は言えないわよ」

じろりと睨むカムナを相手にしても、ケビンは動じなかった。

代わりに小細工は通じないと思ったのか、静かに話を続けた。

「――実は近頃、『高貴なる剣』が探索をしなくなったんだ」

四人が――特にクリスが、一層複雑な面持ちになった。

「探索をしなくなったって？」

他の面々はともかく、クリスにとっては信じられない話だった。

権力に固執して、自らの立ち位置を人より高くするのに余念がないのがイザベラだ。ぱたりと探索をしなくなったというのは、半ば冗談のようにも聞こえた。

しかし、ギルド本部長のケビンがそう言うのだ。事実なのだろう。

「いまいち分かんないけど、探索者が探索をさぼり始めたら、どうなるの？」

さて、残りの三人――特にカムナは、不思議そうに首を傾げていた。

彼女が驚かなかったのは、そもそも探索者が探索をしなくなることがどういう意味かを理解していなかったからだ。

「まずは軽いペナルティからだね。注意や警告から始まり、それでも探索を開始しないのならランクの降格も視野に入り――最悪の場合、資格を剥奪《はくだつ》される。当然だ、エクスペディション・ギルドは探索による発見を求めて、探索者を擁しているんだから」

フレイヤとリゼットも同様に初耳の情報らしく、ケビンが補足説明を始めた。

簡潔な解答だったが、聞きたい内容が全て詰まっていた。

要するに、探索者が探索をしなくなるというのは、コックが料理をしないのと、技術士《エンジニア》がアームズの整備をしなくなるのと同じなのだ。

そういう者にギルドが恩恵や利益を与える必要がないのも、当然といえば当然である。

「だいたいの探索者は、こうなる前に資格を返上するね。けど、『高貴なる剣』はそうしない……というより、彼女達の姿すら、近頃見かけられなくなっているんだ」

畳みかけるようにケビンは驚きの事実を告げた。

「宿には泊まっているみたいだけど、部屋から彼女達が出てくるところも、入るところも見られていない。従業員が部屋に近づくのを禁じるように、宿の亭主に命令したのが、彼女達を最後に見た姿だそうだよ」

「確かに。最近、イザベラ達の顔を見ていない気がする……」

クリスとしても、同じ探索者である以上、エクスペディション・ギルドで顔を合わせる覚悟をしていたし、嫌でも仕方ないのだと我慢していた。

ところが、近頃は忙しさですっかりと忘れていたが、イザベラどころかパルマやデッドロウの顔も見ていない。最後に見たのはいつだったのか、思い出せないほど昔なのだ。

「Aランクパーティーである以上は、他の探索者よりも多くのアイテムを納品し、国やダンジョン研究に貢献してもらわないといけない。本来なら、既にランクの降格処分が執行されてもおかしくないほど、彼女達は探索申請を出していないのさ」

「なら、どうして降格しないのかは全くもって謎だなっ！」

フレイヤの言い分は、もっともだ。

「失礼ですが、大方、言い値で金を出すから、愛娘《まなむすめ》の横暴については大目に見ろとイザベラの両親に言われたのではなくて？」

「だったら、無理な相談だ。エクスペディション・ギルドとホープ・タウンは、帝国が直接運営しているから寄付を受ける必要はないし、受け取ればすぐにばれるよ」

リゼットの疑いに答えたのはクリスだった。

ダンジョン探索と調査に注力すべく開発されたホープ・タウンは、街が属する帝国が直接財政を管理している。

仮にどこかの貴族が援助金を渡しても、さほど意味はなく、悪評を考えれば受け取らないのが正解だ。

「彼の言う通りだ。僕達がお金を受け取るメリットはないよ。イザベラ達を聖騎士団《ロイヤルナイツ》に引き渡さないのは、彼女達が悪辣《あくらつ》な犯罪者だという証拠がないだけさ」

「あんたがそんな悠長なことを言ってる間に、あいつらはもっととんでもないことをしでかすわよ。賭けてもいいわ」

「そうならないように、僕は居場所を聞きに来たのさ」

どこかのらりくらりとした調子のケビンは、指をあごにあてがい、ふと思案する。

「でも、カリスマはあるのかも。彼女の後を追うように、いつもよりずっと多くの探索者が仕事をすっぽかして、ホープ・タウンからいなくなってるのは事実だね」

「ドタキャン、ってやつ？」

「無責任な輩もいるものだな！」

「理想と現実の落差にショックを受けて、早々に引退する探索者は珍しくないさ」

ケビンの言う通り、腕っぷしに自信があり、探索者となって一攫千金《いっかくせんきん》する夢を抱いてギルドに足を運ぶ人はとても多い。

だが、それ以上に魔獣との戦いに疲れたり、探索者としての費用で首が回らなかったりで、泣く泣く資格を返上して元の暮らしに戻る者はごまんといるのだ。

「僕が懸念しているのは、彼女達が金にものを言わせて、急増した失踪者《しっそうしゃ》と一緒に無断で新しいギルドでも作ってしまわないか、というところなんだよ」

「あのおバカさんなら、やりかねませんわね……」

もしもイザベラが、近頃ぐんと増えたらしい探索者を囲って新しいギルドでも作ろうものなら、ギルド本部長としては胃が痛くなる出来事だろう。

クリス達も、絶対にあり得ないとは言い切れないのが、イザベラの嫌なところだ。

「何か少しでも情報が見つかった時は、ギルドで僕に声をかけてくれ。それじゃ、また」

からからと車いすをこいで、ケビンは酒場から出ていった。

周りの探索者達も話を聞いていたのか、喧噪《けんそう》こそいつも通りながら、どこか嫌な雰囲気だけは拭えない。

「イザベラが消えた、ねえ。言っちゃ悪いけど、いない方が世の中は平和よ」

「それには同意かな。問題は、何でいなくなったか――」

クリスが不吉な予感を抱えたまま、椅子に深く腰かけた時だった。

「――だから、『高貴なる剣』の奴らはクソの集まりだって言ってるだろッ！」

突然、酒場中に大声が響き渡った。

喧《けたたま》しい酒場を静まり返らせたのは、あの貴族探索者への暴言だった。

急に叫んだのは、クリス達から少し離れたところで酒を飲んでいた探索者一行だ。

どうやら相当酒が回っているようで、一人の男が立ち上がり、大声で喚いている。顔は真っ赤で、目の焦点も合っておらず、明らかに酔っているのがまる分かりだ。

「お、おい！　あんまり大声で言うなよ、もしも聞かれてたら……」

「心配ねえよ、あいつらが近頃この辺りにいないってのは皆知ってるだろ！　今のうちに言ってておかねえと、ギルド本部じゃあ息が詰まっちまいそうだぜ！」

「やめろって……！」

仲間が慌てて座らせようとするが、男はその手を払って叫び続けた。

「どこぞのお嬢様が金で買ったランクで、実績も立てずに威張《いば》り散らしてるんだ！　周りの奴らはそれとなくよいしょしてやってるが、本当はうんざりしてるんだよ！」

周りの探索者も従業員も、やや冷めた目で見つめてはいるが、止めようとはしない。

誰もが、『高貴なる剣』は金でランクを買った名ばかりの探索者だと思っているのだ。

「俺は北部や南部のギルドにも所属してたが、あんな連中は初めて見たっての！　貴族にとっちゃあ、俺達の職場は遊び場に過ぎねえってこった！　何もかも金で買った連中にいつまでも威張り散らかさせておいて、お前ら、それでいいのかよ！」

これもまた、冒険者の多くが思っていることだ。

イザベラがふんぞり返っているのに納得していたのは最初の間だけで、既に多くの探索者が、口にはせずとも彼女達の実力や見せかけだけの優しさに疑問を抱いていた。

だとしても、少しいなくなっただけで悪評がここまで出てくるとは。

イザベラがどれほど信用されていなかったか、嫌われていたかがよく分かる。

「分かった、分かったから落ち着けよ！」

「ほら、水でも飲めって……」

とうとう仲間が無理矢理座らせ、ジョッキに注いだ水を飲ませるまで、イザベラへの怒りを募らせた演説は続いた。

従業員がいつも通りに料理を運ぶようになってから、リゼットは少し俯いた。

「……注目や名声とは、あっという間に消えてなくなるものですのね」

金と権威しか持たない貴族が力を手に入れても、賞味期限など知れている。

ましてや実力至上主義の世界では、最も大事な成果を見せ続けなければ、アルヴァトーレ家の生まれなどはまるで関係がなくなるのだ。

イザベラへの恨みこそ消えないが、リゼットは同じ貴族の生まれとして若干の憐憫《れんびん》を抱いているのだろう。

「ああ、フレイヤが言っていた通り、遅かれ早かれこうなっていただろうね。けど、名を上げるのにあれだけ固執していた彼女が、何もしないなんて、やっぱり……」

『コーン……』

クリスは何の同情もしないが、不安は募らせていた。

不安げに食事を見つめ、食べる手を止めてしまったクリスを見て、カムナが彼の肩を軽く叩いて元気づけた。

「あんたは考えすぎなのよ。探索者に飽きて、実家に帰ったに決まってるわ」

彼女も、クリスがどれほどイザベラに不快な感情を抱いているかは知っている。

ともすれば殺されていたかもしれないのだから、人一倍警戒するのも分かる。

「それよりも、少し前にあたしの腕に大規模な調節をしてくれたでしょ？　今度はどんな機能を搭載したのか、もう一回だけ教えてちょうだい！」

高性能少女カムナは、彼が一番好きな会話で、場の空気を和《なご》ませることにした。

「ああ、私もアームズについて、今一度聞いておきたいっ！　前回のダンジョンでは使う機会がなかったが、『グレイヴ』にも、能力を追加してくれたらしいしなっ！」

そうしてフレイヤも話題に便乗してきて、やっとクリスもカムナの意図が分かった。

自分に気を遣って、イザベラや『高貴なる剣』の話を思い出さないよう、アームズについて語らせようとしてくれていることに。

ちょっぴり我儘にも見える自分を恥ずかしく思いながら、クリスは微笑んだ。

『コン、ココン！』

「……ありがとう、皆。コネクトもね」

コネクトと頷き合ったクリスは、隣のカムナの腕を軽く持ち上げながら、技術士としての腕を振るった結晶《けっしょう》のことを、子供のような明るさで語り出した。

「カムナは敵と最も接触する機会の多い腕部の損傷調整と、フレームの強化が主な内容だね。それと新しい技も内蔵したし……以前よりもずっとパワーアップしてるよ」

「うんうん！　クリスの愛情をすっごく感じるわ！」

カムナが頷いた通り、彼女の内部機能は、手に入れた魔獣の素材や購入したアイテムを内蔵して、更に強化された。

今後、もっと多くの外付け装備の活躍が期待できるだろう。

「フレイヤの大鋸は、異物が混入しても少しの間は無理矢理動かせるように出力を強化してあるんだ。例の『ソウウィップ』も、きっと使いこなしてくれるって信じてるよ」

「うむ！　技術士が腕を振るって新たな力を用意してくれたんだ、元聖騎士《パラディン》として二十分の活躍を期待してくれっ！」

女騎士の大鋸は、デッドロウとの戦いで起きた不具合の対策を中心として調整された。

故障しやすいアームズの継戦能力さえ高めれば、フレイヤが実力を一層発揮できると判断したクリスなりの調整だ。

しかも、彼は大鋸に新たな機能も追加してのけたのだ。

「うん、俺も技術士として修理と調整に……どうしたの、リゼット？」

そんな中、クリスは俯いて震えるリゼットに気付いた。

「……ずるいですわ」

「え？」

「ずるいですわ、ずるいですわ！　あの筋肉ダルマと金髪バカにばっかりクリス様は構って！　わたくしのナイフも手入れして欲しいですわーっ！」

クリスが何気なく聞き返すと、顔を上げたリゼットは身を乗り出し、わっと叫んだ。

リゼットはこう言うが、クリスは決して彼女のナイフの調整を怠ったことはない。

むしろ毎晩、アームズを管理しているくらいだ。

「そうは言っても、いつもメンテナンスはしてるんだけどなあ……」

だが、リゼットが求めているのはその程度ではない。

カムナは体を強化され、フレイヤは大鋸に新たなモードを与えられた。アームズの調整の入れ込みようが愛情の証なら、自分はさほど愛されていないのかと思えてならず、彼女はどうにも我慢できなかった。

「調整だけでは嫌ですわ！　もっとわたくしにも愛情を注いでくださいましーっ！」

「分かった、分かった！　ちゃんと内側まで見るからって、どわあーっ⁉」

『コォーン⁉』

跳びかかってきたリゼットを避ける間もなく、クリスと彼の肩に乗っていたコネクトはもみくちゃになった。

床に転がされて背中がひりひりと痛んだが、彼はまるで嫌な気分ではなかった。少なくとも、イザベラのことは、すっかり思考の外に消え去っていた。

酒場での時間は、こうして笑顔と笑い声に包まれて過ぎていった。

◇◇◇◇◇◇◇◇◇◇

「――ったく、なぁにがAランクだよ、くそったれぇ……」

クリス達が酒場を出てから、ずっと時間が経った頃。

既にすっかり外が暗くなり、月明かりだけが闇を照らす夜道を、とある探索者《シーカー》の一団が歩いていた。男女合わせて五人のチームのうちの一人は、泥酔しているようだ。

「随分酔っぱらっちまって……普段飲まないくせに、無理するから……」

「これが飲まずにいられるかよぉ！　俺達だって頑張ってCランクになったんだぜ！　何度も死にかけたってのに、あいつらは金を積んだだけでAランクになりやがってよぉ！」

べろんべろんに酔っ払い、仲間の肩を借りなければ歩けない彼は、酒場でイザベラの悪口を大声で語っていた男だ。しかも相当恨みが強いらしく、まだ文句を呟いている。

仲間達は呆れた調子で介抱するが、千鳥足《ちどりあし》の彼は一層大きな声で喚くばかり。

「はあ、こりゃ酔いは冷めそうにないな……」

呆れた面々は、ひとまず彼を落ち着かせるのを諦めた。こういう時は無理に宥《なだ》めず、気が済むまでストレスを発散させてやった方がいいと思ったのだ。

そのうち彼らは大通りを離れて、宿までの近道である裏道を通ってゆく。

「ところで、Cランクといえば、さっき同じ酒場にいた『クリス・オーダー』も、今度昇格に挑戦するらしいね。凄いよね、まだ探索者になって間もないのに！」

のんびり、ゆっくりと歩くうち、ふとメンバーの一人が言った。

彼女が思い出したのは、新進《しんしん》気鋭《きえい》の探索者パーティー、『クリス・オーダー』だ。

噂ではあるがアームズと同様の機能を有する少女に、元聖騎士《パラディン》、そしていつも半透明の謎の少女という、なんとも奇怪な面子《メンツ》だ。

しかし、いざ探索となるとその実力は素晴らしかった。

正体不明の巨大な魔獣を倒した噂もあって、今やすっかり時の人である。

「聞けば、まだひと月も経ってないのに昇格のチャンスを貰えたって？　リーダーのクリスにはアームズを調整してもらったこともあるし、うまくいって欲しいもんだな」

中でもクリスは、技術士としての実績も高い。

無償で探索者のアームズを直してくれるものだから、他の技術士が商売あがったりだと言って彼を怒鳴っていたのも、記憶に新しい。

といっても、その技術士ですら、自分の工具の修理をこっそり彼に依頼していたらしいが。

「おいおい、俺達も頑張らねえといけねえだろぉ⁉　こっちは次こそBランクに……」

自分達よりずっと年下ではあるが尊敬できるパーティーに憧れる仲間達。

そんな彼らを見て、酔ったリーダー格の男が仲間を鼓舞するように叫んだ時だった。

「……なんだ、あいつら」

ふと、裏通りの出口に、誰かが立っているのが見えた。

月が陰っているからか、誰であるかが分からない。恐らくマントを羽織《はお》っているらしい人間が一人、道を塞ぐように、ぽつんと立ち尽くしている。

「おぉーい！　なんだよ、お前ら！　見せもんじゃねえぞ、あっち行けぇ！」

酔っ払いが叫んでも動じない相手を見て、探索者のうち、一人が後ずさる。

「……なんか、様子がおかしいぜ。まさか、あの事件と関係してるんじゃ？」

「事件？　近頃、浮浪者や探索者をぱったり見かけなくなるって噂の？」

「もしそうじゃなくても、ありゃあヤバいだろ。さっさと逃げようぜ」

明らかにおかしな人影を見て踵を返そうとした仲間達だったが、酔いのせいでまともな思考が回らない男だけが、鼻で笑って啖呵《たんか》を切った。

「はっ、ビビってんじゃねえよ！　あんな奴ら、少し凄んでやりゃあどっかに――」

啖呵を切って、どかないなら叩きのめしてやろうと思っていた。

「あッ」

「んお、げッ」

おかしな悲鳴が上がり、人影が腰に提げた剣を薙いだ後――仲間達の首から上が、ことごとく刎《は》ね飛ばされていると気付くまでは。

「……あ、あれ？　俺の、手、手は？　どこ行った？」

しかも、異変は仲間達全員の即死だけではなかった。

唯一、頭が彼らより低かった彼だけは、頭が斬り飛ばされなかった。代わりに、首を失って痙攣《けいれん》する仲間の体にかけていた右腕の、手首から先が血を噴いてなくなっていた。

「あ、ああ、あひぃぃ……！」

瞬き一度だけの間に、四人の仲間が死に、腕が斬られた。

脳が麻痺《まひ》するよりも早く、彼は血だまりと仲間の亡骸の中に倒れ込む。

逃げたくても足が動かない状況の中、人影の方が動き出した。

こちらにゆっくり、ゆっくりと歩み寄ってくる姿は幽鬼《ゆうき》のようで、男は無意識のうちに尿《にょう》と命乞いの言葉を漏らす。

「かか、勘弁してくれ、命だけは……謝るからさ、バカにしたのは謝るからんぎッ」

そんなものに、果たして何の意味もなかった。

仲間達と同じように、彼の首は刎ね飛ばされた。

地面に首が落ち、噴水の如く噴き出す血が辺りを染め上げる。

普段は人が通らない道だ、朝になるまできっと誰も気付かない。

「……パルマ、血を集めなさい。できるだけ多くよ」

ただ一人、死体を創り上げた張本人を除いては。

フードを脱ぎ、遺骸を見下ろす女——イザベラを除いては。

手に握られた黒い剣の血すら拭わず、鞘にしまった彼女の後ろから、同じく黒い外套を纏った男女が現れた。

彼女のパーティーメンバー、パルマとデッドロウだ。

人の死を目《ま》の当たりにしておきながら、桃色の髪の姉妹も、痩せこけた男も、まるで動じないどころか、すっかり慣れた様子であった。

「お姉様、体はどうしますか？　浮浪者共のように、持ち帰りましょうか？」

「放っておきなさい。『陣』を描くのに必要なのは十分な人間の血よ。それだけはまだまだ足りない。もっと多くの人を殺さなければ、『カミ』を呼び出せないのよ」

杖を携えるパルマに、イザベラは無機質な調子で言葉を返した。

カミとは何かを、パルマもデッドロウも、全く知らなかった。イザベラが教えなかったのも理由の一つだが、気になったところで答えてもくれないだろう。

「分かりました……お姉様が何を望もうとも、私はお姉様の願いを叶えます」

「流石は自慢の妹ね。デッドロウ、死体を始末しておきなさい」

「……畏まりました……」

パルマを褒める声も、デッドロウに命令する声も、どちらも同じ抑揚《よくよう》のなさだった。

「『トッカノツルギ』、貴女の故郷を呼び出すにはまだもう少しかかりそうよ。ふふふ……」

イザベラは血と肉の湖に背を向けて歩き出した。

まるで、血を集めるのは名分に過ぎず、人が死ぬ姿を見るのが目的であったかのように。

(黒い剣を手にしてから……お嬢様の凶行と狂言は酷くなった。『未開拓地』の浮浪者や帰路につく探索者に留まらず……遂に街で人を襲うとは……)

腰の剣に語り掛ける彼女は、もうまともではないと、デッドロウは確信していた。

彼はアルヴァトーレ家の命に従い、人を殺す邪悪な男だった。

だが、皮肉なことに、一番手を赤く染めてきた者こそが、最もまともであった。

このままでは、ホープ・タウンが血に染まる。無関係の人々の血が流れ、街がイザベラのおぞましい憎悪で満たされる。

それだけは、どうにかして止めなければならない。

（しかし……これは、好機……お嬢様を止める者を、おびき出す……あの技術士を……）

月が未だに陰っている中、頬骨の出た口元は真一文字に結ばれていた。

彼はこれから、賭けるのだ。

街に残る数少ない希望が、闇を祓《はら》うことを。

第六章　街を揺るがす殺人事件

翌日、クリス達四人は朝早くから宿を出て、ギルド本部へと向かっていた。

目的はもちろん、いつものダンジョン探索の申請をする為だ。

もっとも、現時点で一番盛り上がっている会話は、探索についてではない。

「——それで、クリス様はナイフの柄を新調してくださったのですわ！　蟹型の魔獣『大狩鋏《おおかりばさみ》』の腹の軟質素材で造った、わたくしの手に馴染む最高の……」

一晩の間、きっちりかっちりとナイフを手入れしてもらった、リゼットの自慢話だ。

酒場で散々ごねた後、リゼットは自分の気が済むまでクリスにアームズを調整してもらった——刃を研《と》いでもらい、柄の素材を変え、一度完全に解体するまで至った。

その結果、カムナが腰に提げているリゼットのアームズは、新品同様にピカピカと輝くようになったのだ。それが嬉しくてたまらず、彼女は延々と同じ話をするのだ。

「はいはい。同じ話、朝からもう五回も聞いたわよ」

「何回でも話し足りませんわ！　クリス様がわたくしの為だけに素材を用意して、一晩で造ってくださったのですから……愛の結晶と言っても過言ではありませんわ！」

ナイフの中から同じ話ばかりをするリゼットに、いつになくげんなりした調子でしか返事をしないカムナだが、彼女は意に介せずに明るい声で返す。

「成程、道理でクリス君は少し眠たげなのだなっ！」

「まあね。でも、リゼットが喜んでくれるなら、技術士《エンジニア》冥利《みょうり》に尽きるよ」

「当然ですわ！　嗚呼、クリス様の愛情が、ナイフ越しに伝わってきますわぁ……！」

フレイヤの言う通り、クリスはどこか眠たそうな様子を隠し切れていなかった。

「思考がストーカーに似てるわよ、あんた。それと、一応言っとくけど、クリスから大好きって気持ちを一番注いでもらって修理されてるのは、このカムナオイ――」

ナイフの中から聞こえてくる、まるでクリスが自分だけのものであるかのように語り続ける蕩《とろ》け声が流石に耳に障ったのか、眉を上げながらカムナが口を開いた。

ところが、カムナの声は、珍しく彼女よりも大きな声に遮られてしまった。

「――本日の探索受付は中止します、繰り返します、受付は中止していますーっ！」

声の出どころは、目の前のエクスペディション・ギルド本部だった。探索者《シーカー》やそうでない人々でごった返す入り口は、いつもと明らかに違う雰囲気を醸し出していた。

「何よ、こんな朝からギルド本部で怒鳴り散らして……って、あれ、受付嬢じゃない？」

「他の本部スタッフまでいるね。何があったのかな？」

しかも、彼らがいるのは本部の中ではない。

ギルドで働いているスタッフの多くが、今しがた作ったような看板を振りかざしながら、入口でしきりに同じことを繰り返し叫んでいるのだ。

探索の受付は中止され、申請すらできないのだと。

周囲からは、どういうことだ、ちゃんと説明しろ、と怒鳴りたてる声もあった。

一方で、事情自体はきっちり話しているようで、それらを聞いて納得した面々はすごすごと撤退していた。

「……探索者が五人も、死体で見つかるなんてな……」

「しかも、あんな惨《むご》い殺され方……」

しかも、やけに気になる会話を漏らしながら。

すれ違いざまに会話が耳に入ったクリスは、思わず振り返った。

「あの、すいません。探索者の死体が見つかったって、何があったんですか？」

「おお、『クリス・オーダー』の兄ちゃんか！　いやな、実は酒場から近い裏通りでよ、探索者のパーティーが五人揃って、首を刎ねられて死んでたんだと！」

彼が声をかけたのは、いかにもベテランの風格を漂わせる、二人組の探索者だ。

「首を……？」

「ギルドの連中はすっかりビビっちまってこの調子さ！　お前さんも、今日は宿で大人しくしといた方がいいぜ！」

クリス達の前にある人だかりは、彼が言った傍から減り始めていた。

事情をだいたい把握できただけでなく、本部にすら入れないなら長居する理由はない。

「クリス君、今日の探索は諦めた方がよさそうだなっ！」

「うん、おじさんが言うように、とりあえず宿に戻った方がよさそうだね……」

クリスもフレイヤの意見に同意していたし、仲間に退散を促そうとした。

だが、できなかった。

「……あれは」

言葉を止めたクリスの視線の先――ギルド本部と小さな雑貨屋の隙間の裏道に、黒い影が蠢《うごめ》いているのが見えたのだ。

それだけならば、クリスは何もしなかった。

問題なのは、その人影の腰元に、見慣れた剣の鞘が見えたのだ。

豪華にもほどがあるくらい、宝石や金銀がちりばめられた鞘を、クリスは知っている。

イザベラが有するアームズ、剣型の『ブレイド・オブ・アルヴァトーレ』だ。

「……クリス？　どうしたの？」

呆然と遠くを見つめるクリスの肩をカムナが叩くと、彼は遥か先を凝視しながら言った。

「……さっきの人影……イザベラの剣の鞘を提げてた。それに、俺を手招きして……」

「何をおっしゃるのです、クリス様？　そんな人影は、どこにもありませんわ」

クリスが指さした先には、既に誰も、何もなかった。

カムナだけでなく、フレイヤやリゼットも裏道を覗き込むが、やはり誰もいない。

「いいや、確かに見たんだ！　嫌な予感がする……皆は、先に宿に戻っていてくれ！」

それでも、クリスはどうにも嫌な胸騒ぎを無視できなかった。

意外にも己の意志に忠実なクリスは、仲間を置いて、宿とは逆方向に駆け出した。

つまり、人影が消えていった裏道へと。

三人が引き留めるよりも先に、クリスはまだ残っている人混みに紛れ、見えなくなった。

「あ、ちょっと、クリス!?」

「待ちたまえ、クリス君っ！」

彼女達は顔を見合わせると、互いに頷き合って、姿のない彼を追いかけた。

◇◇◇◇◇◇◇◇◇◇◇◇

（ずっと姿が見える……いや、見せつけているんだ）

一方、クリスは仲間からすっかり離れて、何者かを追い続けていた。

人混みに紛れていても、誰もいない細い道でも、影はクリスと一定の距離を保っている。

まるで、彼が追いかけてくるのを待っているかのようだ。

（俺と付かず離れずの距離を取りながら、走っている？　俺から逃げるのが目的じゃなく、俺をどこかへ案内しようとしているのか、イザベラが？）

あの鞘を持っているのは、恐らくイザベラだ。

だが、仮にあの影がイザベラだとすればあまりにも不用心だし、ましてやプライドの高い彼女が、こんな追いかけっこに興じるとは思えない。

謎が謎を呼ぶうち、影はとうとう、誰もいない場所へと移動していった。

ぼろぼろの廃墟《はいきょ》だけが円を描くように連なる一帯は、朝方だというのに薄暗い。

幽霊や怪物が出そうなここの名称に、クリスは聞き覚えがあった。

（確かこの先は、ホープ・タウンで開発事業に携わった宿施設の跡地……『未開拓地』だったはずだ。浮浪者しか居座らない街の立ち入り禁止区域に、彼女がいるのか？）

『未開拓地』。

かつてホープ・タウンをより拡大しようと目論《もくろ》んだ商人が、宿や購買施設を含めたエリア開発に手を付けた地域だ。

しかし、その結果は見ての通りで、エクスペディション・ギルドが牛耳《ぎゅうじ》る街に、ぽっと出の連中の居場所はなかった。

買い取った土地を整備する余力もなく、たちまち事業者は撤退した。

そうして完成した、浮浪者が住まう、探索者ですらあまり近寄らないところがここなのだ。

「……『未開拓地』……おかしい、浮浪者も誰も、何の気配もない……」

クリスはほの暗い家屋のたまり場に踏み込んだ。

同時に、人の気配を微塵も感じないのに、違和感を覚えた。

聞くところによると、ここに住む浮浪者はよそ者を嫌い、石やアームズの残骸を投げつけてくるらしい。彼らのコミュニティの絆は固く、揺るがないとも聞いた。

ところが、クリスは襲撃されなかった。

というより、何も反応がないのだ。

（人気が少ないならともかく、人が全くいないのは妙だ。浮浪者の焚火《たきび》の跡もないし、本当に誰一人廃屋《はいおく》から出てこない。イザベラ、俺をここに連れ出して、何をする気だ？）

コネクトもクリスと同様に、異様さを察知しているようだ。

『コン、コン』

「……あれは！」

家屋に囲まれた中心の広場までクリスが来ると、やっと人影が見えた。

目の前の廃屋の中に駆け込んでいく、鞘を携えた黒い影だ。

「イザベラ！　待て、どこに行く気だ！」

追いかけていくクリスの前で、扉が勢いよく閉められた。不思議なことに、廃墟なのに埃一つ撒き散らさずに閉まった扉はやけに厳重で、ここだけ作り直されたようだ。

「ここだな……イザベラ、俺をここに連れてきて、何を企んでいるんだ！　君の剣の鞘が見えたんだ、他の人はともかく、俺の目は誤魔化せないよ！」

威嚇《いかく》するように声を上げたクリスだが、反応はない。

「仕方ない、返事がなくても入らせてもらう！」

小さくため息をついたクリスは、腕を軽く鳴らすと、扉を解体した。

ガラガラと音を立てたそれに構わず、クリスは廃屋の中へと足を踏み入れた。

（誰かが今しがたまでいた雰囲気がある。残っているのは、家具と、食器と……瓶？）

眼前のテーブルの上に並べられた、いくつものガラス瓶に近寄って手に取ると、積み上げられたそれらの中身――赤い液体が揺れた。

まさかと思って、コルクの蓋《ふた》を抜いて匂いを嗅ぐと、疑問は確信へと変わった。

「この匂い……血か？　まさか、瓶の中身は全部、血なのか？」

血の溜まった小瓶も異様だが、クリスにとっての関心は別のところにあった。

左隣の階段の上、すなわち二階から、違和感の塊《かたまり》である異臭が放たれているのだ。

(何の血液かは分からないけど、匂いの正体は瓶じゃない。もっと強い悪臭が、上の階から漏れ出してる……確かめないと、何があるのか……！)

ここまで来て、確かめない理由はない。

ぎし、ぎし、と触れただけで音が鳴る階段に、クリスは静かに足をかけた。

踏み込んだだけで崩れ落ちるのではないかと心配したが、幸いにも見た目より頑丈なようで、一歩、また一歩と上っていっても、それが崩れる様子はなかった。

だから、クリスが二階に到着するのはすぐだった。

ただ、彼にとってはもう少し、心の準備が必要だったかもしれない。

「……これ、は……!?」

思わず、クリスは背筋に怖気が奔った。

「人の死体だ、ここにあるものは全部……吊るされているのは全部、亡骸だ……！」

彼の眼前に広がるのは——天井から吊るされた、人間の死体だったのだ。

老若男女問わず、二十人以上の人間が、フックで天井から吊るされている。

梁《はり》が軋むほどたくさんの死体は、いずれも血を抜き取られているようで、肌は陶器《とうき》のように青白く、それでいていずれも表情は苦悶《くもん》に満ちているのだ。

(わけが分からない、どうなってるんだ⁉　イザベラを追って廃屋に来て、見せられるのがとんでもない数の死体だなんて！)

おかしな点は、それだけに留まらない。

(それに、浮浪者だけじゃない、探索者の死体もある！　しかも、あそこからも酷い血の匂いがする！　隣に置かれた樽《たる》全てに、血が溜まってるのか⁉)

もう間違いない。『未開拓地』の住民は、全員がここで殺された。

しかも犯人は、浮浪者を殺しても飽き足らず、探索者まで手にかけたのだ。

(碌《ろく》に処理もされていないせいで、とんでもない異臭だ！　早く外に出ないと——)

あまりの衝撃で、自分がどうしてここに入ってきたのか、何を追ってきたのかすら、クリスは忘れてしまっていた。

だからだろうか——相手の方から、思い出させてくれたのは。

『――コン！』

「――うわッ!?」

背後からぬう、と伸びてきた刃に、クリスはコネクトの鳴き声で気付いた。

彼が身を翻すと、黒いローブの中から飛び出してきた剣が、クリスの服を裂いた。

「誰だ!?」

反射的にクリスは聞いたが、フードの中まで真っ黒な何者かは、無言を貫く。

その手に握られた黒い剣は、『ブレイド・オブ・アルヴァトーレ』と形状が異なるように見えた。

あれだけの優れた剣を手放すとは思えないから、改造でもしたのだろう、とクリスは当たりをつける。

(逆光のせいで顔が見えない。けど、あの派手な鞘を持っていないということは、俺を案内した者とは違う……つまり、イザベラじゃないのか？)

イザベラではないが、イザベラらしい人影と同じ姿。

ならば、関与を疑わない方がどうかしている。

「どちらにしても、やるというのなら、俺は貴方を『解体』する！」

構えるように手を突き出し、クリスは戦闘態勢をとった。

クリスは大事を取ってコネクトではなく、腰に提げていたポーチから溶断用ナイフを一本取り出し、赤熱したそれを突きつけた。

しかし、謎の影はやはり逃げようとしない。

「警告はしたぞ！　オロックリン流解体術……」

ならば、クリスが躊躇《ためら》う理由はない。アームズ諸共、相手を解体してやるだけだ。

得意の解体術の間合いに入るべく、クリスは正面から突っ込んだ。いかに相手の剣が鋭くても、先程の斬撃で間合いが読めたからだ。

だから、相手が咄嗟に振った剣に、軽く触れる要領でナイフを命中させ、切っ先を破壊するつもりでいた。

前のめりの姿勢でも、この程度の解体なら造作ない。

――造作ない、はずだった。

「な……ッ!?」

確かにクリスの前で、武器は砕け散った。

ただし、謎の黒い剣ではない。

クリスの握っていたナイフが、だ。

激突していない、というより刃の間合いにすら入っていない間に、ナイフが真っ二つに斬り裂かれてしまったのだ。

まさかの事態に驚くクリスだったが、距離を取れるくらいには冷静だった。

（触れるか触れないかの間に、溶断ナイフが叩き斬られた……持ち主の技術か、それともアームズ自体に能力があるのか⁉）

正面から攻撃を仕掛けたのを反省しながら、クリスは別のプランを実行することにした。

（いずれにしても、迂闊《うかつ》に近寄れない！　先にあれを解体して正解だった！）

ようやくゆっくりと距離を詰め始めた影に向かって、クリスはにやりと笑った。

「こっちばかり見ていていいのかい？　俺はもう、解体を済ませているんだけどね」

クリスは破壊された溶断ナイフで既に次の手を打っていた。

何を解体したのかと黒い影が問い返すよりも先に、その真横に置いてあった樽が勢いよく破裂した。

ぬるぬるとした血液に足を取られた相手は、大袈裟なほど盛大に転んでしまった。

しかも、転んだ拍子に床が嫌な音を立てたかと思うと、何枚もの木の板が崩れて抜け落ちた——

これこそ、クリスの第二の狙いであった。

解体した樽の中の血で足を滑らせて、少し強度を弱めた床に激突させて落としてしまう、大胆な作戦を取ったのだ。

「樽を解体して、血を流した……ひと薙ぎじゃあ、ついでに床の基盤を緩めることしかできなかったけどね。俺を攻撃するのに夢中な貴方には、効果てきめんだろう？」

それだけの準備を一瞬でやってのけたクリスは、敵が落ちた穴を覗き込み、言った。

「よっと……さて、話を聞かせてもらうよ。ここで何をしていたのか、死体を――」

返事がなく、埃を撒き散らすだけの一階に、クリスは飛び降りた。

危険な行動ではあるが、ナイフもあるし、いざとなればコネクトも頼れるから問題はないと思っていた。

だが、やはり彼は戦闘において決してプロではなかった。

「――『日光槍《ソーラーランス》』」

背後から聞こえた声で、彼はようやく第三者の介入に気付いた。

はっと振り返ろうとしたクリスだったが、完全に遅かった。

振り向くよりも先に、輝くエネルギー体の槍が彼の体に直撃したのだ。

「ぐあああぁッ⁉」

槍は彼を包んで焼き殺すようなことはしなかったが、衣服を焦がし、衝撃で体を吹き飛ばして廃屋の外に叩き出すくらいの威力はあった。

『コン、ココン！』

「俺なら大丈夫だよ、コネクト……それよりも……」

全身を打ち付けられ、焼かれた痛みに悶《もだ》えながら、彼はゆっくりと立ち上がる。

「今の魔法は、まさか……!?」

この街に魔法使い《ウィザード》は何人もいるが、こんな状況で乱入してくるような輩は、一人しか思い浮かばない。ついでに言うならば、それは一人でなく、二人である。

燃え焦げた上着を脱ぎ捨てたクリスの目に入ってきたのは、予想通りの相手だった。

「パルマ……それに、デッドロウ……だったら、やっぱり俺が戦っていたのが……！」

中央の広場に転がったクリスの前に立ちはだかったのは、パルマとデッドロウだった。桃色の髪と潰れた片目の女、死人のような顔色の男は見間違いようがない。

それだけでなく、漆黒のローブを羽織った二人の間から歩いてくる者があった。

いつの間にか廃屋を脱出していた黒い影だ。フードを脱いだその姿は、クリスが思っていた通りの人物だった。

「……どうやってここを見つけたのかしら、クリス？」

イザベラだ。

ただし、彼女の姿には妙な点もあった。

ローブの内側は豪奢な格好ではなく、地味な灰色の衣服だ。

しかも、目元はまるで何日も眠っていないかのようなクマができていて、不健康極まりない肌の色をしている。

デッドロウの方が、幾分健常者に見えるほどだ。

「どうやって、だって？　あれだけ派手な鞘をぶら下げていれば、嫌でも目に入るよ」

黒い剣を右手に握る彼女の異様さに息を呑むも、クリスは努めて平静に答えた。

煽るように口元を吊り上げるクリスに対して、イザベラは首を傾げた。

「鞘？　おかしな話ね。私のアームズは、デッドロウに……」

そこまで言って、彼女は自ら口を閉じた。

しかし、鞘を持っていると言われたデッドロウの目がわずかに泳いだのを、クリスは見逃さなかった。どうやら彼が、一連の追跡の鍵《かぎ》を握っているようだ。

だとしても、クリスがこれ以上追及できる時間は、もうなかった。

「……まあ、いいわ。私の姿を見られたからには、殺すほかないもの」

イザベラは既に、澱《よど》んだ碧の瞳でクリスを睨み、黒い剣を振るう準備をしていたからだ。

「ここで仕留めるわ。パルマ、デッドロウ、補助しなさい」

「はい、お姉様」

「……畏まりました、お嬢様……」

そして、間髪《かんはつ》を容《い》れず、彼女達三人は一斉に攻撃を開始した。

「これはまずいな……コネクト、頼むよ！」

『コン！』

完全に殺意のこもった猛攻に対し、クリスは変形したコネクトの尻尾を二つに分けて、一対の溶断用ブレードとして使い、応戦する。

レーザーの如く迫りくる光、爪による鋭い奇襲を必死にかわし、反撃の機会を窺う。

ところが、攻撃の合間を縫って奇襲を仕掛けてくるイザベラだけはそうはいかなかった。

（速い、いや、速すぎる！　これまでのイザベラとは段違いの剣技……まるで別人だ！）

剣を薙ぐ速度、踏み込み方、技術――いずれも、彼の知るイザベラではない。剣豪《けんごう》の魂でも乗り移ったのかと思うほど、彼女は凄まじい斬撃を何度も繰り出してくる。

さっきも見た、間合いにいなくても敵を切る謎の能力に加えて、二人の援護も相まり、はっきり言って、今のクリスでは攻撃をどうにか避けるのがやっとだ。

すると、魔法で廃屋が崩れ落ちる傍で、イザベラの刃が家屋の壁を切り刻んだ。

背後で家が瓦礫《がれき》となりゆく音を聞くクリスは、思わず足を止めてしまった。畏怖《いふ》にも似た感情が湧いて汗が流れる。

左右と正面から彼を囲んだイザベラは、そんな技術士の姿を嘲笑った。

「驚いているわね、クリス？　この『トツカノツルギ』の力に、慄《おのの》いているのね」

『トツカノツルギ』。

聞いたこともないアームズの名を聞き、彼は目を見開いた。

「『トツカノツルギ』!? 『ブレイド・オブ・アルヴァトーレ』じゃないのか!?」

「あんな剣は、私には相応しくないわ。私を強くして、並び立つ者がいないくらいの加護を与えてくれたこれこそが、高貴なるこのイザベラを選んだ神剣《しんけん》なのよ」

彼女が邪悪な笑みを浮かべる傍で、剣に裂かれた廃屋が倒壊した。

それでもまだ、人が寄ってくる音は、どこからも聞こえなかった。

「神剣？ 加護？ 何を言っているんだ、イザベラ!?」

「話しても意味はないわ。求めているのは人の死、そして貴方の絶望だけよ」

クリスにとって、イザベラの言い分は異常者の戯言《ざれごと》そのものだった。

パルマやデッドロウの攻撃にも対処して集中力が途切れつつあるクリスでは、もう防ぐのが限界だ。

このままでは、いずれ敵に斬り伏せられてしまう。

（やっぱり、会話は通じないか！ だったらコネクトを連結して、足を撃ち抜いて――）

真正面からイザベラを見据えたクリスは、既にコネクトを連結していた。

リベットを射出する『火縄砲』で、イザベラを迎撃するつもりだ。

相手が細かく動いたり、仲間という肉の壁を用いたりするのならまだしも、イザベラは自らの高速移動能力だけを頼りに突進してきていた。

この近距離で外すほど間抜けでもない。だからこそ、躊躇《ためら》いなく引き金を引いた。

凄まじい速度で射出されたリベットは、イザベラへと吸い込まれた。

「無駄よ。その程度の小細工、完璧な斬撃の前には通用しないわ」

結論として、敵は弾丸を避けなかった。

というより、避ける必要もなかった。

イザベラが振るった黒い剣は、放たれたリベットを正面から斬り裂いたのだ。

『コン⁉』

「あり得ない、ガンから高速射出されたリベットを、真っ二つに……！」

驚愕している間もなく、クリスにイザベラが肉薄してくる。

狂気の敵を前に、クリスはある決断を迫られていた。

(だったら、使うしかない――解体術『参式《さんしき》』を！)

参式はこれまで使ってきた解体術のランクを一つ上回る、完全戦闘用の解体術だ。

しかし、この技は、外装を大幅に強化してあるコネクトへのダメージはないが、クリスに対しては大きなリスクを強いる。

それでも、やるしかないのは間違いない。

少なくとも、もう体は疲弊していて、手段を選んでいられるほどの余裕はない。

(俺もただじゃすまないけど……南無三《なむさん》ッ！)

銃身に連結されていない方の尻尾を握り締め、赤熱させるクリス。

邪悪な笑みと共に、刃をクリスの肩に突き刺そうとするイザベラ。

双方共に、極限の集中の最中《さなか》にいた。


——だから、きぃん、という風を切るような音にも、気付けなかった。


「——お嬢様ッ！」

イザベラがその音——何十匹もの鷹の鳴き声にも似た喧《けたたま》しい音——をようやく察知したのは、この中で一番危機感知能力に長《た》けるデッドロウが、彼女を抱えて飛び退いた時だ。

剣が引き戻されるのと入れ替わるように、何かが彼女の前を横切った。

「な、なんだッ⁉」

次に起きたのは、家一つを吹き飛ばす爆発だった。

比喩でも、パルマの魔法でもない。

文字通り、クリスとイザベラの間を何かが通過した後、家屋に突き刺さったそれそのものが、凄まじい音を立てて建物を爆破したのだ。

後に残ったのは残骸と、もうもうと立ち込める煙だけだ。

「……なんなの、今度は？　クリスの次に、私の邪魔をするのは……」

手で辺りの砂埃を払いながら、イザベラは顔を顰《しか》めた。

自分で聞いておいて、己から見て左側からやってくる存在の正体を知っていたからだ。

「──チッ。頭を粉微塵《こなみじん》にしてやるつもりだったのに、家を一つ吹き飛ばしただけ、か」

クリスの前に駆け付けたのは、見慣れた二人。フレイヤと、右腕を喪失したカムナだ。

「まさか、カムナの『飛翔神威拳《ロケット・カムナックル》』が避けられるとはな！　デッドロウとやらのフォローがあったとはいえ、あの動きは並ではないぞ！」

どうしてカムナの腕がないのかは、蒸気が漏れ出しそうなくらい怒りで顔を歪める彼女本人ではなく、フレイヤが答えた。

カムナの新しいアームズは、腕一本を犠牲にした破壊兵器だ。

火薬の爆発を利用して鋼の腕を砲弾のように射出し、着弾箇所をこれまた爆発で焼き払う、彼女の新たな力である。

先日クリスが酒場で話していた、新しい機能の一部だ。

「クリスの仲間……とことん、厄介な連中を引き連れてくるものね」

どこまでも奇々怪々な面々を見て、イザベラはぎりぎりと歯を鳴らして唸る。

「イザベラ、随分と雰囲気が変わりましたのね。それに、気品と一緒に、危機管理能力も失ったのかしら？　クリス様に手を出して、ただで済むと？」

「思っているわ。貴女達三人を私一人で始末すれば、何も起きていないのと同じよ」

無論、憎しみを込めて敵を睨んでいるのは、クリスの仲間達も同様だ。

カムナの腰に提げられたナイフの中からリゼットが煽るが、それでも余裕を見せるイザベラに、とうとう一人の堪忍袋《かんにんぶくろ》の緒が切れた。

「リゼット、どきなさい。あたし、もう限界なの」

いや、というより、既に切れていたというべきだろう。

血で濡れたクリスの姿を見た時に、彼女の怒りは臨界点を突破していたようだ。

「よくも、よくもクリスとコネクトをリンチしてくれたわね。ギルドが許してもあたしが許さないわ……あんた達全員の両手足を引き千切《ちぎ》って、内臓を引きずり出して、顔面が誰だか分からないくらいぶっ潰して、それからブチ殺してやる」

「実力の差も分からないのかしら？　だったら、思い知らせてあげる――」

イザベラはというと、全能の黒い剣を携え、全員を斬り殺すつもりだった。

「――お嬢様、引きましょう。他の者が寄ってくる足音が聞こえます」

「……何ですって？」

デッドロウが手を掴み、耳元で彼女に警告するまでは。

彼女が耳を澄ませると、なるほど、遠くからもっと多くの足音が聞こえてくる。

もしかすると、家屋が破壊された音で集まってきた野次馬かもしれないが、デッドロウはそうではないと理解していた。

（あの聖騎士《パラディン》、奴が自警団を呼んでいたか……いい判断だ……）

彼はイザベラの従者でありながら、そのことを告げようとはしなかった。

「……いいわ、デッドロウ、パルマ。この場は引きましょう。もっとたくさんの血と、人の死を集められる場所で、目的を果たすことにするわ」

非常に納得のいっていなさそうな顔で、イザベラはデッドロウの後ろに回った。すると、彼はどこに隠し持っていたのか、手にした玉状のアームズを地面に叩きつけた。

ぼふん、と巻き起こったそれは、紛れもなく煙幕《えんまく》だ。

「うわっ!?」

「あいつら、煙幕を……待ちなさい！」

煙が晴れた頃には、もう誰の姿もなかった。

カムナは無理矢理にでも敵を追いかけようとしたが、背後からの声を聞いて足を止めた。

「追わなくて、いい。皆が来てくれて、助かったよ」

蓄積されたダメージが大きかったのか、クリスが近くの瓦礫にもたれかかっていたのだ。

コネクトを傍に置いて、肩で息をするクリスに、仲間達が駆け寄る。

「クリス！　喋っちゃダメ、安静にしてなさい！」

火傷の痕《あと》や、衣服ごと裂かれて血の零れる傷痕を擦られ、クリスが呻《うめ》く。

「……あはは、勝手に飛び出したからバチが当たったみたいだ……」

「あんたが無事ならいいのよ。ま、無事って言っても、結構怪我を負ってるみたいね」

詫びる彼の前で首を横に振り、カムナとリゼットは彼の身を案じた。

「ああ、クリス様、おいたわしや……わたくしがギルドの近くの診療所まで連れていきますわ、さ、背中に掴まってくださいまし！」

「陽に当たったら溶ける幽霊が何言ってんのよ。ほら、クリス。あたしにおぶさりなさい」

「腕がない君では難儀するだろうっ！　誰が、と言って争うことほど不毛なことはない、私がクリス君を背負ってこれから来る者達と一緒に本部へ向かおうっ！」

このままではまた埒が明かないと思ったのか、フレイヤが介入して彼を背負った。

「……助かるよ……」

『コォーン……』

「……コネクトも、心配をかけたね……」

フレイヤにおぶさる彼の背中に引っ付くコネクトに、クリスは力なく笑いかけた。

四人がどうにか陰惨《いんさん》な殺人現場から離れようとしていると、遠くから聞こえてくるたくさんの足音が、破壊で満ちた『未開拓地』に響いてきた。

第七章　いざ、決戦へ

『未開拓地』で起きた恐るべき事件は、たちまちホープ・タウン中に広まった。

浮浪者しかいない廃屋に無数の死体や血の入った樽が転がっていて、しかもその多くが依頼をドタキャンしたと思われた探索者《シーカー》だったのだから、街が恐怖で震え上がるのも当然だ。

大市場も静まり返り、エクスペディション・ギルド本部が事態を正直に説明し、立て看板を置いてからほんの数時間ほどで、街から人影が消えてしまった。

◇◇◇◇◇◇◇◇◇◇

「――ギルドが準備してくれた薬のおかげで、ここまで回復するとはなっ！」

そんな中、『クリス・オーダー』の面々は街の診療所《しんりょうじょ》にいた。

あの一件の後、一同は負傷したクリスと共に、調査の為に未開拓地に留まったギルドのスタッフや調査員を置いて、傷を治すべく彼だけを連れていった。

本来ならば通常の治療を受ける予定だったが、ギルド側から思わぬ提案があった。

なんと、ギルド本部が特別に用意した手当てを受けさせるというのだ。

「わたくし、ギルドにあんな組織があるとは知りませんでしたわ。ダンジョン内で採れる薬草や魔獣の内臓、血液を使って、怪我を一瞬で治療してしまうなんて……」

果たして、その効果はてきめんだった。

イザベラの斬撃やパルマの魔法、デッドロウからの打撃を複数回受けていた彼だが、ダンジョン産の特殊な薬や魔法を使うと、それらの傷は三人の前でたちまち癒《い》えてしまった。

それでも完全に回復するには一晩かかり、結局朝になってしまったのだが。

奇襲されないか、と仲間が夜の間かわるがわる警備をしてくれたことそのものが、クリスにとってはとても嬉しかった。

もしもギルドが用意してくれた薬以上の特効薬があるとすれば、きっとそれだ。

「ヌレヨモギにツナガリソウ、魔獣の涎《よだれ》まで使うのは驚いたわね。特に薬草は、Bランクのダンジョンでしか見かけないレアものっていうじゃない」

「彼女達は『医療班《ヒーラー》』と呼ばれていたなっ！　本来なら高ランクの探索者、且《か》つ特定のダンジョン攻略者しか使用申請ができないが、今回は例外らしいっ！」

これほどの治癒効果に驚いているのは、クリスも同様だ。

だが、もしもナイフのように破壊されていたらと考えると、ベッドの上で丸まっているコネクトを使わなくてよかったと、今更ながら心底思っていた。

「俺も、こんなに早く治るなんて思ってなかったよ。皆、心配させてごめんね」

「あんたが謝る必要なんてないわ。あたし達こそ、傍にいてあげられなくてごめん」

さて、互いにぺこりと頭を下げ合った後で、頭に浮かぶのはイザベラ達のことだ。

「ところでイザベラの奴ら、あんなところで何をしてたのかしら？」

「ギルドと街の自警団が全力で探してくれているんだ。彼女達の態度は気になったけど、きっとすぐに見つかって、謎は全部解けるよ――」

まだ包帯を巻かれたままの腕を上げ、クリスがコネクトを撫でた時だった。

「――調子はどうかな、クリス・オロックリン」

扉をぎぃ、と開けてエクスペディション・ギルドのケビン・ジェンキンスが入ってきた。

クリスが治療を受けている部屋は二階なので、車いすのまま階段を上ったらしい。

「ケビン本部長？　どうしたんですか、ギルドは今忙しいんじゃ……」

「疑問に答えよう。『高貴なる剣』のメンバーが指名手配されたと伝えに来たんだ」

『高貴なる剣』。

つまりイザベラの話だと知り、一同のふんわりとした空気は急に張り詰めた。

「近頃起きていた、探索者の大量蒸発……いなくなった者は街から出ていっただけかと思っていたんだが、結論から言うと、廃屋の中の死体が全て、それだったんだ」

やはり、探索者はただ失踪しているのではなかった。

元が誰だったか判別もつかないほどの残酷な死体は、ケビンやギルドが「仕事が嫌になっただけだ」と思い込んでいた探索者の末路だったのだ。

「加えて、『未開拓地』での惨状を見てから、本部と自警団で、イザベラ達が泊まっている宿の部屋を強制的に捜索させてもらったんだ。そこに彼女達はいなかったが……」

鼻を鳴らすカムナをよそに、ケビンは車いすの内側についているポケットを漁った。

「……代わりにあったのは、部屋を埋め尽くすほどの血の入った大量の小瓶と、壁中に描かれた意味不明な魔法陣。そして、一枚のメモだ」

そして、一枚の紙を取り出し、近くのテーブルの上に置いた。

クリス達は四人揃ってメモを覗き込んだが、全員が訝しげな表情を隠し切れなかった。奇々怪々な模様の魔法陣はともかく、文字らしい何かが血で記されていたからだ。

「隣に描いてあるのは、ギルド側が描き写した魔法陣だよ。メモに記された内容はこちらで解読を試みたが、はっきり言って、記載されているのが文字がどうかも怪しいんだ」

記号のような、文字のような、はたまた子供の落書きのような何かが、怒りに燃える手で書きなぐられたかのように、無数にメモの上に散らばっているのだ。

「……暗号……いや、なんだろう、これは……？」

「成程、暗号に見えなくもないが、とても読めたものではないなっ！」

クリスどころか、フレイヤですら解読を諦めた怪文書だが、唯一読める者がいた。

「いいえ、立派な文字よ。『神』は『カミ』、『天照』は『アマテラス』って読むの」

さも当然のようにすらすらとメモの内容を声に出したのは、カムナだ。

この異様な象形《しょうけい》文字を読み解ける者がいると思わなかったのか――仮にいたとしてもカムナではないと思っていたのか、その場にいた全員が目を丸くした。

「読めるのかい、カムナ!?」

「あたしは最強だから、これくらいは余裕よ。貸してちょうだい、読み上げてあげる」

言うが早いか、カムナはメモをひったくり、学者のような調子で目を通し始めた。

（最強だからって、何の理由にもなってないような……）

誰もが同じツッコミを心に留めているうちに、彼女はたちまち解読を終えて口を開いた。

「ええと……『生贄《いけにえ》を集めて、血による陣、ヨモツヒラサカを描き上げる』……『タカマガハラより呼び出したるカミの手を借り、イザナミの名のもと、ヒノモトを新たなヨミとする』……いくつか意味が分かる単語はあるけど、何をしようとしているかはさっぱりね」

内容を口に出せるカムナですら理解ができないのだから、クリス達には、その文面が何を意味しているかなどさっぱり分からなかった。

「単語は知っているけど、意味は分からないの。あたしが眠っている間に、いろんな情報が失われたのかも……『イザナミ』って奴が、何かを知っているのかもしれないわ」

こうなると、このメモから手に入れられる情報はこれ以上ない。

「クリス様、事情は不明でも、把握できることはありますわ」

リゼットの言う通り、魔法陣や文章の意味を知る為に時間を費やさずとも、知らなければならないことは、大まかではあるが一同の手の中にあった。

「そうだね。イザベラはカルト宗教的な何かに傾倒《けいとう》している可能性がある。そして、人の血と死体を集めて、邪悪なものを呼び出そうとしているんだ」

「呼び出そうって相手が、妄想《もうそう》の産物かもしれないけどね」

「だいたい、昨日のイザベラの様子はもうまともではありませんでしたわ。何かを呼び出すという本来の目的すら忘れて、おかしくなってしまったと説明されても、驚きはしませんわ」

「どちらにしても、やるべきことは決まっているよ」

イザベラが何をしようとしているかはともかく、目指しているのが狂気の世界なら、最も関わりのある自分達が止めるのが義務だ。

成すべきことは一つで、カムナも、フレイヤも、リゼットも、クリスも分かっていた。

「止めなきゃいけない。イザベラの暴走を、これ以上見過ごすわけにはいかない」

クリスの瞳に、怒りとも、正義ともとれる炎が灯った。

そして彼は、ケビンに向き直ると試すように聞いた。

「……だからこそ、本当のことを聞いておきたいんだ、ケビン本部長。俺のところに来たのは、これを見せる為だけじゃないでしょう？」

全員の視線が集まる中、ケビンは深く頷いた。

「そうだ……ついさっき、ギルド本部に手紙が届いた」

その手紙を開いた時のことを思い出し、ケビンは今はない足が震えた気がした。

「差出人は不明、ギルド本部の裏口に差し込まれた手紙だ。文章はそのメモと同じように血で書かれていたよ……内容は、こうだ」

不明だと言ったが、差出人なら知っている。

この場にいる全員が、知っている。

「――『クリス・オーダー』をCランクダンジョン『決闘場』に連れてこい。三日以内に来なければ、ダンジョン内の探索者全員を殺す」

「なっ……！」

こんな正気を失った犯行声明を出すのは一人――イザベラしかない。

彼女はなんと、ダンジョンにいる人間を人質に取ったというのだ。

クリス達をおびき寄せる為だけにこんな凶行をしでかしたなど、到底信じられないが、ケビンの恐怖に満ちた顔が事実であると告げていた。

「要求を呑めなければ、他のダンジョンにも潜入して探索者を殺し続ける、と……クリス君、頼む。全ての探索者の敵となったイザベラ達を、止めてくれ」

息を呑んだ四人の前で、ケビンは弱々しく声を紡いだ。

そしてギルド本部長として、一人の人間として、彼は深く頭を下げた。

ギルド本部長に車いすの上で頭を下げられた以上、一同に断る選択肢はなかった。

「だが簡単にはいかない！　『決闘場』まで、馬を使っても三日以上かかるぞっ！」

「こちらで輸送用のドレイクを手配しよう。空を飛べば、一日以内に辿り着ける」

「探索者の数を把握できていないなら、相手が数を騙《だま》して、生きているように見せかけて罠を仕掛ける可能性もありますわ」

「現在探索に出ているパーティー数は六組、人数は十五名だよ」

「ギルド側の救助隊や、特設部隊を先によこすことはできないのだろうかっ！」

「特殊な部隊は編制とアームズの構成、出動許可を含めて準備だけでまる一日はかかる。探索者の命がかかっている以上、一番早く動ける君達にお願いするほかないんだ」

「イザベラの望み通り、俺達がやるしかない、というわけだね」

ケビンは彼らの質問内容を把握していたようで、足りない情報はたちまち埋められた。

タイムリミットの三日以内にダンジョンに到達できるうえに、人質となる人数も把握できたなら、あとは早々に準備を済ませて目的地へと飛び立つだけだ。

「よし！　そこまで分かっているなら、こちらとしても動きやすいなっ！」

「準備万端ですわね！　クリス様、早速イザベラ達をぶちのめしに行きますわよ！」

「そうだね。本部長、あとは俺達に任せて――」

クリスも、彼の仲間も、戦いに出向くのに何の躊躇《ためら》いもなかった。

ただ、彼らに頼み込んだ当の本人だけは違った。

車いすの端を握り締める手がプルプルと震えているのに気付いたクリスやカムナが、どうかしたのかと声をかけるより先に、とうとうケビンの感情が決壊した。

「――すまないっ！」

彼は車いすから転げ落ちかねない勢いで、頭を下げた。

『ココン!?』

コネクトが飛び跳ねたのだから、相当大きな声だ。

何を言っているのかと、当然クリス達は首を傾げる。

「本部長、イザベラの悪事なら、元パーティーメンバーの俺が止めるのは当然です。そこまで責任を感じなくても……」

「違う、そうじゃないんだ！」

もう一度顔を上げたケビンの目には、みっともなさすら感じるほど涙が浮かんでいた。

「僕は……僕は今、君達に危険な頼みごとをしているんだ！　なのに嫌な顔一つせず、受け入れてくれる人達に、これ以上嘘はつけない！」

ケビンは辛うじて言葉を紡いだ。

「……僕だよ。イザベラ達の悪行を揉み消し、ランクを不正に与えたのは僕なんだよ」

クリスの目が見開いた。

イザベラを捕らえる為にここまで尽力してくれた人が、まさかこれまで自分やギルドの面々を苦しめる要因を作っていたなど、思いもよらなかったからだ。

「本部長、どうして……」

「……イザベラに脅されていたんだ。僕が要求を拒めば、妻子を殺すと」

苦虫を噛み潰したような顔をするケビンの頭に思い浮かぶのは、幸せな光景だった。

車いす生活を送る自分を支えてくれる、穏やかな顔つきの妻と、彼女に似た容姿の五歳の娘。探索者として苦楽を共にし、今は家族として喜びを分かち合う、幸せな夫婦。

だが、ギルドにアルヴァトーレ家の使者がやってきてから、地獄は始まった。

「僕も最初は、出まかせだと思った。けど、あの男……ベルゥと名乗る男が現れて……どう見ても、僕を殺すのに躊躇のない男だと直感できたよ」

ホープ・タウンに住まうケビンの妻と娘を暗殺者につけ狙わせる――必要とあらば殺すとあっさり言ってのけるイザベラの異常さに、彼は震え上がった。

しかも、暗殺者本人が探索者になったのだから、ケビンは一層恐怖を感じた。

「それで、イザベラを探索者にして、面倒事を揉み消したんですね。受付嬢達からの苦言も無視して、ルールを捻じ曲げてまで、奥さんと子供を守る為に……」

「……ああ、その通りだ」

かくしてその日から、ケビンはイザベラの言いなりとなった。

次第に周囲の反感を買うことが目に見えている、穴だらけの計画だとしても従うしかなかった。

終わりが見えないと知っていても、今この時の安寧を選ぶしかなかった。

「どうして、もっと早く他の者に相談しなかったんだっ！」

フレイヤが語気を強めると、ケビンは弱々しい顔を上げ、問いかけに答えた。

「言えるはずがないよ。いつ、どこで彼らの暗殺者が聞き耳を立てているかも分からないんだ……

『高貴なる剣』が街からいなくなって、やっと安心して妻子を逃がして、君達のところに来られたくらいなんだよ」

「アルヴァトーレ家に報告は？」

「ついさっき、やっとできたよ。まさかここまでの事態になっているとは思ってなかったみたいで、イザベラを引き取ると言ってくれたが……どうなるか……」

ケビンがとった手段は、今できる範囲では最良のものだろう。

だが、だからといってケビンの罪が軽くなるわけではない。

元はといえば、この大事件の発端《ほったん》は、彼が蒔《ま》いた種でもあるのだから。

「……僕は、とんでもない過ちを犯しながら……平然と君達に声をかけて、何もないふりをして、尻ぬぐいまでさせようとして……申し訳ない、申し訳、ない……！」

良心の呵責《かしゃく》か、震える声で話すケビンの肩に、ベッドから出たクリスが手を置いた。

少しだけ首を横に振った彼は、ケビンの目を見て、はっきりと告げた。

「謝る相手は俺達じゃない。死んだ探索者の帰りを待つ家族と、パーティーです」

その目に哀れみや同情の意思はなかった。

だが、きつく聞こえる言葉こそが何よりも優しいのだと、ケビンには直感できた。

今ここで、クリスがケビンを怒りのままに殴り倒すのは簡単だろうが、それでは何も解決しないし、ケビンも解決したつもりになって終わってしまう。

それでは、永遠にケビンの心にしこりが残るだろう。

「貴方のやったことを全て、包み隠さず話すんです。大事な人を守るためにやったと。だとしても許されないことをしたと。そうして初めて、貴方は貴方自身を……心から許せるんだと、俺は思います」

クリスは厳しくても、本当になすべきことを彼に伝えた。

ケビンもまた、彼の言葉の意図が理解できないほど、追い詰められてはいなかった。

「……分かった。君達が出発してから、ギルドで説明会を開くよ」

きい、と音を鳴らして、ケビンは車いすを出口に向ける。

「全て話して、全ての罪を償《つぐな》って……僕は、ギルド本部長を辞任する。貴族の脅しに屈した男は、本部長にふさわしくないだろうからね」

「本部長……」

「ドレイクを本部前に用意しておくよ。好きに使ってくれ……本当に、すまない」

深く、深く頭を下げてから、彼は一同に背を向けて、車いすを動かして部屋を出た。

少しばかりの沈黙が流れたのち、クリスが言った。

「……皆を助ける。そして、イザベラと俺の因縁に、決着をつけるよ」

彼の声が、勇気と決意を燃え上がらせる声が、仲間達の闘志に火をつけた。

「クリス様だけではありませんわ。わたくしも、クソバカ共に一泡吹かせたいですの」

「それに、君の問題は私達の問題でもあるなっ！」

いや、最初から炎は燃え上がっていたのかもしれない。

彼の行いは、四人の中に隠れていた灯火《ともしび》を、轟炎《ごうえん》へと変貌させたのだ。

「やってやるわよ、クリス。今度こそあいつらを、完全にぶちのめすんだから！」

カムナと、仲間達と顔を合わせ、クリスは強気に笑ってみせた。

くどいようだが、背負っているものは大きい。多くの命と、邪悪の極みにある願望が果たされるか否かと、仲間の未来。全てが、ただの技術士《エンジニア》の双肩《そうけん》にかかっている。

それでも、クリス・オロックリンは逃げない。

「ああ――『高貴なる剣』と『クリス・オーダー』の、最終決戦といこうじゃないか」

『コォーン！』

クリスの傍で、コネクトが鳴いた。

彼の左右で違う色の瞳は、絶対に貫き通すべき正義に満ちていた。

第八章　血濡《ちぬ》れの決闘場

太陽が、空の真上にまで昇っていた。

果てしなく続いて見える平原。その上空を横切る影に気付く者はいない。獣や行商人ですら、空を見上げているほど暇ではないし、今日はそもそも地上には誰もいない。

「――見えた。あれが『決闘場』だ」

風を切る翼に乗った青年の声を聞いたのは、彼の仲間達だけだった。

ドレイクに跨《またが》って空を飛んでいるのは、クリス・オロックリン。

そして、彼の仲間であるカムナ、フレイヤ、リゼット、コネクトだ。

ばたばたと上空で翼をはためかせながら、ドレイクが首を少し下げると、クリスだけでなく、仲間達もダンジョンの存在に気付いた。

つまり、平原の真ん中に鎮座する、柵に囲まれた大きな扉に。

「随分と大きな扉ですわ……Cランクの証、というわけですのね？」

「そんなところだね。よし、あの周辺に降りよう」

クリスの言葉に四人が頷くと、ドレイクはゆっくりと地上に向かっていった。

辺りに誰もいないのを確認しながら、クリス達はドレイクから降りた。

「改めて凄いわね、このドレイクってのは。ドラゴンのパチモンなんて言われてるけど、馬よりずっと速く目的地に着いたし、あたしが寝てても振り落とさなかったわ」

「それに、頭もいいんだ。ギルド専属の調教師に、指定した日にちにダンジョンの入り口に戻ってくるよう躾《しつ》けられていて……三日後には、ここに来て、俺達を回収する予定だ」

運び手として選ばれるドレイクは、馬よりもずっと利口《りこう》だ。

予定では、三日後にこちらにまた飛んできてくれるはずである。

「それまでに、イザベラとの決着をつけねばなっ！　早速、扉を開くとしようっ！」

フレイヤの言葉に応じて、クリスとカムナが柵の内側に入り、扉を押し開けた。

扉が地面を擦る音が聞こえたかと思うと、暗闇が四人の前に広がった。

ぞっと、背筋に悪寒が奔《はし》った。

これまでのダンジョンとは違う、碌な整備もされていない坂道。

恐らく魔獣が通ったと思われる痕跡——爪痕や鋼の欠片が残った暗がりの壁。

いずれも、これまで潜ったダンジョンとは比べ物にならない気配を醸し出していた。

「重苦しい空気ですわ……Dランクダンジョンとは違う、冷たい空気を感じますの」

「俺とカムナが、最初に入るよ。二人は後ろについてきてくれ」

フレイヤとリゼットが頷いたのを見て、クリスとカムナが、ダンジョンに足を踏み入れた。

持ってきていた松明《たいまつ》に火をつけ、ゆっくりと進んでいく。

後ろでひとりでに扉が閉まる重厚な音が聞こえたが、誰も振り返る気にはならなかった。

「『決闘場』は、文字通り魔獣との戦いの場だ。階層はたった三つ、各階層もそれほど広くないけど、魔獣の強さは相当なものだって聞いてるよ」

明らかにこれまでのダンジョンと違う雰囲気に、人間と幽霊は警戒心を隠し切れなかった。一方で、カムナだけは既に、いつもの余裕を取り戻しているようだった。

「『高貴なる剣』程度でも通り抜けられたって考えれば、大したもんじゃないわ。それよりも、あたしはイザベラがいるとするなら最下層だって踏んでるけど、どうかしら？」

「俺も同じ考えだよ。きっと、探索者達《シーカー》を捕らえて一番下で待っているはずだ」

「でしたら、魔獣との戦いは避けられませんわ」

忘れてはいけないのが、ここにいるのがイザベラ達だけではないということ。

Cランクダンジョンの中でも群を抜いて危険な魔獣が住み着いているということだ。

「ギルドで聞いたところだと、前に遭遇した『剛腕』クラスの怪物がうようよしているらしいね。『溶岩大蛇《ようがんだいじゃ》』や『大口牙《おおぐちきば》』、その他にも他のダンジョンなら主《ぬし》になるような奴が、群れを成しているとか……」

「いずれも強力な連中だなっ！　しかもそんな魔獣が犇《ひし》めくダンジョンだとするなら、苦戦は必至っ！　そちらにも、気を配らないとな！」

「うん、なるべく最短距離で最下層まで行きたいけど、Ｃランクダンジョンは一筋縄じゃあいかなさそうだ。労力を割かずに、尚且《なおか》つ確実に敵を倒していこう」

「安心しなさい、クリスの最高のアームズが、邪魔者を全部ぶっ飛ばしてやるから！」

カムナはというと、相変わらず自分の力に絶対の自信を抱いている。

「あなたは黙ってなさいな。作戦を立てても台無しになるだけですわ」

「つべこべ言わずに、あたしの大活躍を見てなさい！　それじゃ、やってやるわよ――」

リゼットの警告を軽く聞き流すカムナは、第一階層の扉の前までやってきた。

小さく息を吸い込んで、武者震いの如く口元に笑みを浮かべ、扉を開けた。

「……これは……！」

完全に扉が開き切った時、四人は思わず息を呑んだ。

広がる空間は、まさしく『決闘場』と呼ぶにふさわしい外観だった。

無数に連《つら》なる堅牢《けんろう》な柱が遥か高い天井まで届き、床は全て石が敷き詰められている。

およそ生物が住まうには適さない環境のように見えるが、何かしらの生物が常にしのぎを削っていたのか、破壊や戦闘の爪痕が大きく残っている。

ただ、この傷痕は、暫くは増えないだろう。

何故なら――クリス達の眼前に、数多《あまた》の魔獣の死骸があったからだ。

『コン⁉』

コネクトの鳴き声が響いても、何の返事もなかった。

大理石《だいりせき》のような素材でできた石畳は血で染まり、足の踏み場もないほどだ。

「全部、魔獣の死骸ですわ！　それも、明らかに何かで斬られたような傷痕が残っていますわ！

クリス様、まさか……」

「ああ、イザベラがやったんだ。恐らく、この辺りに魔獣は残っていない」

息を呑むリゼットの隣で、クリスが苦々しい顔で言った。

どう少なく見積もっても、十五匹以上の魔獣が死んでいる。

パルマやデッドロウの助けを借りたとしても、これだけの数の怪物を殺すイザベラの強さは、どれほどのものか。

「行こう。障害はなくなったんだ、一刻も早くイザベラを見つけないと」

恐ろしい空想を振り払うかのように、クリスは歩き出した。

仲間達も互いに頷き合い、血の染み込んだダンジョンをついていった。

◇◇◇◇◇◇◇◇◇◇◇◇

「扉の前まで、死屍累々《ししるいるい》か。凄まじい殺戮の痕跡だな」

第二階層に続く扉の前まで来た一行の傍には、亡骸そのものが道標となっているかのように、やはり魔獣の死骸が転がっていた。

最近の研究によると、ダンジョン内には解明されていない自浄作用があり、生物の死体が消されるらしい。

ここに魔獣の死骸がまだ残っているということは、殺されたのはつい最近だろう。

血なまぐさい雰囲気を肌で感じ取りながら、カムナが開いた扉を、四人は潜り抜けていく。

「しかも、体の一部を剥がれたり、削ぎ落とされたりしているね。これまで集めていた死体と同じように、儀式の材料にするつもりなんだろうか？」

「『カミ』とやらを呼ぶのに随分と必死なのね。ってことは、第二階層もきっと……」

短い洞穴を進み、次の扉を開いた彼らの目に映ったのは、やはり似た光景だった。

「……案の定、ね。死体の山が、次の扉までの目印になってるわ」

石造りの世界に広がる屍《しかばね》の山、山、山。

ここまでくると、生物の死にあまり関心を抱かないカムナですら、顔を顰めてしまう。

恐らく次の扉に至るまで、死体の波は延々と続いている。

心なしか早足になる四人は、なるべく死体を見ないようにしつつ、まっすぐ歩いていく。

「悪趣味ここに極まれりですわ。わたくしには理解しかねますの」

「次の扉までの距離が短いのが、唯一の幸いってところかな」

「不愉快な血の匂いだけはどうにかしたいがなっ！　衣服にまで染み込みそうだ――」

仲間達も話し始めたが、フレイヤの話だけは、突如足を止めた先頭のカムナに遮られた。

「ちょっと待って、あそこに誰かいる」

彼女が指さした先には、第二階層に続くものよりもずっと大きく、重厚でありながら、既に開かれた扉があった。

「扉の前に、まさか……」

鈍色の出入り口の前に仁王立ちする二つの黒い影を、知らないはずはなかった。

「……パルマ」

「それに、アルヴァトーレ家の暗殺者か」

イザベラの妹、パルマ。そして、二人の従者であるデッドロウ。

この間Dランクダンジョンで激突した二人が、クリス達の道を塞ぐように立っていた。

先程少し落ち着いた空気を再び緊張させながら、彼らは敵に近づいた。

接近した時点で攻撃を仕掛けられるかと思ったが、二人は手を出さなかった。

「……ここから先は……クリスだけが、進んでいいの」

「他の者は……通さない。彼のみが……お嬢様に……会う、権利を持つ……」

ただし、彼女達は条件を出した。クリスだけが、最下層に進む資格があるのだと。

「ぶつぶつ言ってんじゃないわよ。あんた達が決めたルールに、あたし達が従うと思ってんの？

クリス、さっさとこいつらを叩きのめして、最下層に行くわよ」

カムナはそんな提案に従う気は毛頭なく、関節を鳴らしながら前に出た。

フレイヤもリゼットも敵を倒すつもりでいたのだが、しかし、クリスだけは違った。

「……いや、従うよ。俺が一人で、イザベラに会ってくる」

小さく息を吐いたクリスは、ケビン本部長に向けたのと同じ目をしていた。

つまり、これからどんな苦難にも立ち向かうという、覚悟の炎を宿した目だ。

「クリス君、警告しておくが、危険な考えだ。罠を仕掛けられていれば、ひとたまりもないぞ」

「だとしても、人質を取られているなら、彼らの命を優先しないとね。大丈夫だよ、最初からこうなるのも想定内だったし、今更怯えたりなんかしない」

フレイヤが制止しても、クリスはもう止まらなかった。

彼の決意が強いと知り、仲間達はこれ以上引き留めようとはしなかった——もしかすると、最初からこうなる運命だと、どこかで悟っていたのかもしれない。

「……あんたがそう言うなら、分かったわ」

「ありがとう。じゃあ、行ってくる……絶対に、生きて帰ってくるよ」

「無事に帰ってくるなんて、当たり前よ。あんたはあたしの、最高の主人なんだもの」

「決して油断はするな、クリス君っ！」

「クリス様、どうかご武運を」

優しくも強い声を心に受けて歩く彼を、パルマも、デッドロウも止めようとはしなかった。

どうやら、本当に彼だけを最下層に連れていくよう、イザベラに指示されたらしい。

「——オロックリン。お嬢様を、止めてくれ」

ただ、デッドロウだけはすれ違いざまに、彼にしか聞こえないような呟きを漏らした。

その瞬間、はっとクリスは気付いた。

あの日、イザベラのアームズの鞘を持っていたのが誰なのか。

『未開拓地』まで自分を案内してくれたのは誰なのか。

わざわざ死体を残してくれたのは、誰なのか。

この男だ。

デッドロウ・ベルゥという男は、アルヴァトーレ家に従っておきながら、きっと壊れてゆく姉妹の凶行に耐えられず、こっそりとクリス達に協力してくれていたのだ。

「そうか、そういうことか」

『コン？』

クリスは全てに気付いたが、言及する必要もないと理解した。

だから、彼はデッドロウに何も言わず、ただ扉の奥へと消えていった。

◇◇◇◇◇◇◇◇◇◇

「何を話していたの……デッドロウ」

「……何も、話してはいません……」

「……そう」

パルマは冷たい視線を、デッドロウからカムナ達へと向けた。

今やこの三人組は、手綱《たづな》から放された番犬だ。

忠犬、大型犬、小型犬。いずれにせよ、主人への暴虐と妨害は許さない。

「――フレイヤ、リゼット、あたし達はどうするべきかしら？　ここでじっと待っている以外に、何もやることがないなら、あたしがサイコーのプランを提案してあげる」

ばき、ぼき、と骨を鳴らすカムナは、敵意と怒りのあまり、口を吊り上げて笑っていた。

「目の前の二人をぶっ殺す。最初から、そのつもりで来たんだもの」

彼女の笑みは、笑顔の本来の使い方を彷彿とさせる。そもそも動物における笑顔とは、好意を表すものではない。

つまり――威嚇と攻撃の意を示しているのだ。

「同意だなっ！　どのみち彼女達も犯罪者だ、放っておくわけにはいかないっ！」

「あのイザベラの仲間に、わたくし、容赦する気はありませんわ」

臨戦態勢のフレイヤやカムナと同様に、パルマもまた、この場で大人しく待つ気はなかった。

「……それは、こっちも同じ……お姉様は……お前達を処分しろと言っていたの……」

彼女が手にした杖で軽く石畳を叩くと、グラグラと地面が揺れた。

「お姉様の為に、死んでちょうだい。『石城壁牢《スクエアジェイル》』」

そしてもう一度杖を、今度は強く地面に叩きつけると、轟音と共にカムナとリゼット、フレイヤの間に巨大な土の壁が出来上がった。

しかも、以前のように、ただ三人を攻撃する目的で生成されたのではない。

カムナ達に対しては何の被害も与えない大きな土の壁は、フレイヤとデッドロウだけを呑み込むように、家屋のような土の牢獄《ろうごく》を創り上げた。

「なっ⁉　あたし達を、また分断するつもり⁉」

完全に土が二人を閉じ込める前に、パルマはデッドロウに命令を下した。

「デッドロウ、貴方に有利な地形を与える！　今度こそ、女騎士を仕留めなさい！」

「……畏まりました……」

いつもの冷淡な返事を最後に、デッドロウとフレイヤの姿は牢の中へと消えてしまった。

「貴女達は、私が殺すわ……お姉様のもとへは行かせない」

「そりゃこっちの台詞よ。死に方くらいは選ばせてあげる」

「わたくしは逆ですの。ムカつくブタ女には、一番惨《みじ》めな死に方をくれてやりますわよ」

鋼の拳を鳴らし、円を描くように鎖とナイフを振り回す彼女達は、パルマよりもずっと、敵に対しての殺意を剥き出しにしていた。

ゴングを鳴らすまでもなく、双方は戦いたくてうずうずしている。そして、どちらかが死ぬまで戦いを続ける気満々だ。

カムナとリゼットはフレイヤを助けようとするよりも先に、杖をかざすパルマに向かって、喊声《かんせい》を張り上げながら突進していった。

◇◇◇◇◇◇◇◇◇◇◇◇

「ふむ、向こうの声が聞こえないな……暗所で無音、暗殺者にはうってつけか」

一方、土の牢に閉じ込められたフレイヤはというと、一切の光がない暗黒の世界にいた。

目を開いているのに何も見えないだけでなく、外で戦っていると思われる仲間達の声も、その物音も聞こえない。土に染み込んだ血の匂いのせいか、鼻も利かない。

相手が暗殺者なら、これ以上に実力を発揮できる状況はないだろう。

「……聞こえているか、聖騎士《パラディン》……」

気を張り詰めることでしか対応できないフレイヤが、それでも敵の姿を捉えようと目を凝らしていると、どこからともなく声が聞こえてきた。

前後左右、あるいは上下から、響くように耳に届いたのは、デッドロウの声だ。

「元聖騎士《パラディン》だっ！　聞こえているが、声で自分の居場所を伝えるのは不利だと思うぞ！　何の意図があって、私に声をかけたのか、教えてもらおうかっ！」

「……降伏しろ……命だけは、助けよう……」

まさかの降伏勧告にフレイヤは驚いたが、すぐにきっと、何もない闇を睨んだ。

「聞けない相談だなっ！　暗殺者の、人の命を救おうなどという言い分はっ！」

「……殺したいわけではない。お前に対しても、同じだ」

未だに攻撃を仕掛けてこないデッドロウの声が、尚も分厚い壁に反射して響く。

「私は……我がベルゥ家は、生まれながらにしてアルヴァトーレ家の奴隷だ……暗殺術を学ばされ、命令に逆らわず、邪魔者を殺す……その為の、道具に過ぎない」

「ならば、何故まだ従属している！　逃げる選択肢もあったはずだっ！」

「……そんなものは、ない……アルヴァトーレ家は裏切り者を、許さない……私の父と、母もそうだった……」

これまで感情のこもっていなかった声に、初めて憂《うれ》いが混じった。

だが、デッドロウ自身が気の迷いを戒《いまし》めるかのように、改めてフレイヤに告げた。

「……もう一度だけ言う……降伏するんだ……無事に、脱出させると……約束する……」

フレイヤには分かっていた。

デッドロウはイザベラやパルマと違い、嘘を平然とつくような人間ではないと。

だとしても――仮にデッドロウが約束を全《まっと》うするとしても、答えは決まっていた。

「――考える必要もないっ！　やはり、聞けない相談だなっ！」

彼女には、デッドロウとの決着をつける以外の選択肢はなかった。

それはフレイヤにとって、最も彼の名誉と在り方を否定しない手段でもあった。

「貴族に飼われた立場は哀れに思う、同情もする！　だが、それとこれとは話が別だ！　今この場では、戦い以外の選択肢はないと、お前が一番分かっているだろうっ！」

本当の意味で、フレイヤには分かっていた。

仮に彼の言うことに従ったとしても、アルヴァトーレ家を裏切った彼には未来がない。ならば、ここで命を懸けて戦うしか、残された道はないのだ。

「人を殺めた罪悪感から逃げたいが故に、私達を見逃すというのなら、ここで死を以て引導を渡す！　悪いが、私のような人間が与えられる罪への救いは、これだけだっ！」

「……そうか」

吼えたける彼女の意志を聞き届け、返ってきたのは寂しげな声。

だが、それもすぐに、静寂に戻った。

「——残念だ、罪なき者を殺すのは」

ほんのわずかな沈黙の後、問答の終わりを告げる言葉が、フレイヤの耳に届いた。

彼女の頬を裂く——音もなき刃と共に。

「ッ!?」

咄嗟に身構えたフレイヤが大鋸『グレイヴ』を背から引き抜いた時には、既にデッドロウの気配はなくなっていた。

さほど広い牢ではないはずなのに、まるでここのどこにもいないように錯覚するほど、彼がどこにいるかが分からない。

自分の荒い吐息の音と、頬の傷から滴る血の音しか聞こえないのだ。

（この状況、やはり暗殺者に有利か……しかしっ！）

とはいえ、フレイヤに手立てがないわけではない。

もう一度デッドロウが接近してくるよりも先に、彼女は大鋸の引き金を引いた。

「暗闇から襲うのが得意だというなら、光で照らすだけだっ！」

次の瞬間、鎖の形をした大鋸の刃が、物凄い勢いで回転し始めた。

それはたちまち細かい刃が連なって見えるほどの速さとなり、触れた地面を削り取った。

そして、地面を砕くほど凄まじい斬撃は、暗黒の中に光を灯した——つまり、火花という名の、闇の中で明滅する光を発生させたのだ。

（む……ッ！）

ちりばめられた火花の中で、フレイヤの喉を狙うデッドロウの姿が瞬いた。

その隙を逃さず、彼女は思い切り大鋸を振るった。

瞬時に退いたおかげでデッドロウの体は抉り取られず、代わりに地面が吹き飛んだ。

「うおおおぉぉおっ！」

そしてここぞとばかりに、フレイヤが火花を炸裂させながら、再び大鋸を振り回す。

（やはりこの聖騎士《パラディン》……伊達《だて》ではない）

紙一重で豪快な攻撃を回避する暗殺者だが、焦りはしていなかった。

（だが——策はある）

何度目か分からない斬撃の雨の中、デッドロウは右手を突き出した。

そして、自らのアームズである、グローブの先端にある長い鋼鉄製の爪を、大鋸の回転する刃に勢いよく挟ませたのだ。

高速回転する刃と刃の隙間に、爪を突き刺せばどうなるか。

急に異物が挟み込まれて動きを止め、煙を噴き出す。それが答えだった。

動作の豪快さに反して繊細《せんさい》な機構《きこう》を有するアームズは、たちまち動かなくなったのだ。

「なにっ⁉　一撃で機能不全にした⁉」

フレイヤが何度も引き金を引いても、堅牢な爪が隙間に刺さっているせいで、ぎちぎちと音を立てたまま刃は回転しない。

火花も起こさず、もはや鈍器にしかならない鉄くずを使うのを諦めた彼女は、とうとう引き金に触れすらしなくなった。

（先の戦いで、『グレイヴ』の弱点を見抜いていたのか!?　だが、奴も武器を失う悪手だぞ！　いかに暗殺者とはいえ、聖騎士《パラディン》に素手で――）

デッドロウが爪と一緒にグローブを外したのは、暗闇の中でも分かった。

だから、相手にはアームズが残されていないと彼女は思っていた。

「ぐあぁっ！」

ところが、暗闇から突如として放たれた鋭い一撃が、フレイヤの腹を上着諸共裂いたのだ。

「爪だと!?　バカな、奴のグローブは確かに巻き込まれて……」

手を斬られ、足を斬られ、血が零れる最中、デッドロウの声が聞こえた。

「……アームズが一つだと……言った覚えは、ない……」

「左手にも、爪を……！」

こうなると、フレイヤに反撃の手立てはない。

そうしている間にも、彼女の体には無数の切り傷が作られてゆく。

「うっ！　ぐぐ、あぁぁーッ！」

上着が千切れ、黒いインナーと体が露わになっても、まだ攻撃の手は緩められない。

もしも同じ量の攻撃を並の人間が受けていれば、既に失血死しているだろう。

それでもフレイヤが斃《たお》れないのは、屈強な肉体のおかげだが、限界も近づいていた。

床に突き刺した大鋸に縋《すが》るようにして、彼女は遂に膝をついた。

(鋸《のこぎり》はただの鈍器と化した、傷も深い……膝をついたな、ダメージが蓄積した証拠だ)

そんな彼女の痛ましい姿を、闇に慣れた目でデッドロウが見ていた。

この状況で膝をついたということは、防御に手が回らず、もう死を待つだけということだ。

(出血量も多い……放っておいても死ぬが、せめてもの慈悲《じひ》だ。心臓を突いて楽にしてやる)

彼はグローブの先の爪をしならせると、一気に敵との距離を詰めた。

正面から突っ込んだとしても、フレイヤは気付けない。仮に察していたとしても、避けるほどの気力もないし、何よりこちらは暗殺に特化した一撃を放てる。

一発で心臓を貫いてやれば、後悔も苦痛もなく死ねるだろう。

だからこそ、デッドロウは真正面から突進した。不意打ちをする必要もないと思った。

「終わりだ、聖騎士《パラディン》」

——立ち上がる間もなく、フレイヤとデッドロウの姿は重なった。

爪の先端が肉に深々と刺さったのを、彼は確信した。

人間を何度も刺してきた感覚を知っているデッドロウだからこそ、フレイヤがどうなったのか、分かった。

「……?」

終わった、と呟こうとした瞬間、彼はふと、自分の手元の異変に気付いた。

前にも後ろにも進まない。

心臓に届かない。

違和感が、不安と恐れに変わってゆく。

「……まさか」

左手のグローブに触れていたのは、万力《まんりき》のような腕力を誇る掌。

「――元、聖騎士《パラディン》だと……言っただろう……！」

フレイヤは、まだ生きていた。

胸の途中で爪を完全に抑え込んでいたのは、人間とは思えないほど発達した胸筋だった。

彼女の凄まじい筋力は、鋭い刃を挟んで止めたのだ。そしてグローブを手で掴み、デッドロウが離れられないようにしている。

（筋肉で爪を抑えつけたのか⁉　あり得ない、人間業《わざ》ではないぞ⁉）

驚愕するデッドロウは咄嗟に手を引き抜こうとしたが、まるで動かない。

明らかに相手は重傷を負っているはずなのに、自分よりとんでもない剛力を誇っている。

思わず闇の中で冷や汗を流す彼の前で、フレイヤは口から血を流しながら笑った――敵意と攻撃性を孕《はら》んだ、騎士に非《あら》ざる笑顔で。

「ごふっ……突くのではなく、斬るべきだった……判断を誤ったな……！」

ぐぐぐ、と拳を掴む力が強まる。

デッドロウの手の甲の骨が、みしみしと嫌な音を立てる。

「もう逃さない……お前の負けだっ！」

そして、歯を見せるほど力を込めたフレイヤの咆哮と共に、彼の掌の骨が砕けた。

痛みが脳に届いた瞬間になってようやく、彼は砕けた手を無理矢理引き抜いた。

まさしく、フレイヤの言った通り――デッドロウは、判断を見誤ったのだ。

（狼狽えるな、奴にもアームズはない！　今度は首を狙って、確実に――）

それでも敵を殺す算段を整えようとするデッドロウだったが、不意に刺すような痛みを覚えた。

砕けた掌ではなく、右手の肩辺り、一切攻撃を受けていない箇所だ。

「――な、ん、だと？」

だが、ちくりとしたわずかな痛みは、次第に全身に広がる。

それが広がるにつれ、小さな痛みが鈍痛、激痛へと変わり、とうとう体中を支配した。

「ぐ、う、うおおおおぉぉッ!?」

気付けば、悲鳴を上げるデッドロウの体のありとあらゆる部位に、小さな刃が無数についた鞭《むち》のようなものが巻き付いていた。

深々と体に食い込んだそれらは、少しでも彼が大袈裟な動きをすれば、たちまち四肢を引き裂いてしまうほど鋭い。

(なんだ、これは⁉　全身に鋸の刃が巻き付いて離れない！)

服や石畳を、傷口から噴き出す血で汚した彼は、闇の中にフレイヤを見た。

刃を全て失った鋸を支えにして立ち上がり、こちらを睨む赤髪の騎士を。

「……クリス君が与えてくれた奥の手は、暗殺者の目でも見抜けなかったようだな」

彼女の手には、デッドロウに巻き付く刃の群れの端が握られていた。

大鋸の周囲を覆っていたそれを、彼女はしならせ、鞭の如く使い、デッドロウを捕らえたのだ。

「刃だけを引き抜き、鞭の如く振るうアームズ……名を冠して『ソウウィップ』……クリス君が修復しなければ鋸として使えなくなる、正真正銘《しょうしんしょうめい》、最後の手段だ」

「ぐ、ううぅ……！」

デッドロウはどうにか逃げようとするが、まるで体が動かない。

漆黒の暗所での戦いは、ほとんど決着がついていた。

今や生殺与奪《せいさつよだつ》の権を握るのは、あの世に片足を踏み込んだフレイヤだった。

「勝負あったな、暗殺者……言い残すことがあるなら、聞こう」

体のありとあらゆる部位から血を流すデッドロウは、前髪の隙間から見せる瞳でフレイヤを見据

えた。

痛みも、苦しみも耐えて刃を握る彼女を、確かに見た。

その姿に何かを見出したのか、彼は痛みを最早感じない体で、小さく笑った。

「……死は恐れていない……だが、技術士《エンジニア》の少年に、伝えてくれ……迷惑をかけた、と」

「ああ、伝えよう」

希望への憧れを交えた、人生でただ一つだけの望み。

それを聞き入れたフレイヤは、一気に『ソウウィップ』を引いた。

刃がデッドロウの体を、何十もの小さな肉の塊へと変えた。

痛みを感じないよう、せめて一瞬で殺してやろうと思った彼女の意志に従うかのように、『ソウウィップ』はデッドロウに苦しみの言葉を一切吐き出させず、彼を死に至らしめた。

ぼと、ぼとりと、衣服を纏った肉が崩れ落ちるのを闇の中で感じたフレイヤは、ようやくアームズを手から離した。

「……私も、許せとは言わない……違う手段が、クリス君なら見出せたかもしれない……何かを殺める術しか知らないのは……お前も私も、同じだ……」

ぜいぜいと肩で息をする彼女もまた、デッドロウと同様に、体が限界を迎えていた。

違いはせいぜい体が四散していないだけで、出血や傷が酷く虫の息だ。

「……すまん、皆……あとは……任せた、ぞ……」

静かに、しかし誰かに聞こえるように呟き――フレイヤは、眠るように目を閉じた。

石ころが転がる音よりも微かな響きだったが、彼女の声は外の世界に通じた。

◇◇◇◇◇◇◇◇◇

「――フレイヤ？」

正確に言うと、声が聞こえた気がした、リゼットが振り向いた。

堅牢な石の牢の外にいる彼女に、フレイヤの言葉が届くはずはない。

なのに、リゼットはどういうわけか、耳元で仲間が囁いたように感じた。

幽霊なのに心のざわつきを抑えられない彼女は、隣のカムナに向かって叫んだ。

「カムナ、攻撃をおやめなさい！　フレイヤが今、何かを言った気がしますわ！」

「はぁ？　ここから声が聞こえるわけがないでしょ、あんたの幻聴《げんちょう》よ！」

当然、彼女はリゼットの言い分を軽く受け流した。

現状、カムナにとって一番大事なのは、左腕に装着した高速連射機関銃《ガトリングガン》のクランクを回して弾丸を間髪を容れず撃ち込み続け、パルマをハチの巣にすることだけだ。

「それよりも、あたし達はフレイヤがあの暗殺者をぶっ倒して出てくるより先に、パルマをブチ殺さないといけないでしょうが！　攻撃の邪魔すんじゃないわよ、おりゃりゃりゃーッ！」

意気揚々と叫びながら、魔獣を風穴だらけにする砲撃を乱射するカムナだが、これがもしも命中していれば、今頃パルマは肉塊よりも惨い末路を辿っている。

そうなっていないのは、彼女が銃撃をことごとく無効化しているからだ。

「……『岩片浮遊壁《ディフェンスストーン》』」

パルマが手にした杖が輝くと、石畳が浮き上がって幾重にも連なり、正面からの攻撃を防ぐ壁となった。

当然高速連射機関銃《ガトリングガン》の砲撃を受ければ石の壁は砕けるが、周囲に石はいくらでもある。

「さっきから同じ魔法ばかり！　いいわ、こっちの弾が尽きるまで撃ち込んでやる！」

持久戦を狙う魔女の策に気付いていないのは、景気よく銃を撃ちまくるカムナだけだ。

これでは結果が見えていると判断したリゼットは、カムナの肩を掴み、忠告することにした。

「だーかーら、バカみたいにガトリングをぶっ放しても当たっていませんのよ！　全部弾かれて、弾切れになるのを狙っているとどうして気付きませんの⁉」

「バカぁ⁉　あんた、今あたしのことをバカって言った⁉」

ただし、言葉が悪かった。

砲撃を止めたカムナだったが、敵意は今やリゼットの方に向いていた。

牙を剥いて唸り、台座とクランク諸共、高速連射機関銃《ガトリングガン》を振り回して怒鳴る様は、狂犬のようだ。

「言いましたわよ、こんな無意味な攻撃を繰り返すのをバカと言わず何と言いますの！　やっぱり、わたくしの作戦通り、距離を詰めてぶん殴るのが正解でしたわ！」

「そうね、だったらやってみなさいよ！　あの岩の中を突っ切れるのならね！　世間知らずのお嬢様の友達止まりが、戦闘のプロでクリスの本妻に意見すんじゃないわよ！」

「だ・れ・が！　世間知らずですってぇ⁉」

こうなるともう、双方共に止まらない。

「というかさらっと本妻になるんじゃねぇ！　てめぇは下、わたくしが上ですわ！」

「うっさいわね、あんたはハンカチでも咬《か》んでるのがお似合いよ！」

カムナもリゼットも、はっきり言えば似た者同士である。

そして、飼い犬同士が喧嘩をすれば、どちらが上か、どちらが下かを決めるまで終わらない。

たとえ放っておかれたパルマが、心底呆れた碧色の目を向けていたとしても、キーキー声を上げて終わらない戦いを続ける二人には関係ないのだ。

「……こんなゴミ連中の為に……お姉様が頭を悩ませるなんて、本当に最悪ね」

「あぁ⁉」

「誰がゴミですって!?」

ただし、パルマが二人を侮辱する発言をしなければ、だが。

ゴミだと称されたカムナとリゼットが同時に振り向くと、パルマはもう既に石畳を浮かせていなかった。

代わりに、杖の先端の水晶に奇怪な光を迸《ほとばし》らせていた。

「念の為に……力を見せてもらったけど、相手にならない……ゴミ相手には惜しい魔法だけど……お姉様の為に……全力で、早々に終わらせる……」

彼女がぎろりとカムナ達を睨みながら、杖の底で地面に触れた時だった。

突如として、パルマの足元をまばゆい光が覆った。

足場が浮き、彼女の体をふわりと宙に浮かせる。

桃色の髪が乱暴なほどの勢いで乱れ、神々しく広げた腕から離れた杖が、彼女の正面にひとりでに動く。

「愚民ども。私の最強魔法で、殺してあげるわ」

宙に浮く杖を掲げ、碧色の瞳を爛々《らんらん》と輝かせるパルマの声は、第二階層を統《す》べる神の声として、二人の耳にこだました。

「……あれは、ちょっとヤバそうですわね……」

「なーにビビってんのよ。あんなの、こけおどしに決まってんでしょうが！　あたしの高速連射機関銃《ガトリングガン》で、今度こそミンチにしてやるわッ！」

イザベラ同様に人を超越した力を手に入れたらしいパルマに、流石のリゼットも、幽霊ながらに冷や汗を流さずにはいられなかった。

一方、カムナは違った。むしろ、パルマの新たな力は、彼女の闘志に火をつけたようだ。

言うが早いか、彼女は再び高速連射機関銃《ガトリングガン》を持ち上げるとパルマに向かって乱射した。

「おりゃりゃりゃりゃりゃーッ！」

クランクを回すごとに、凄まじい勢いで弾丸が放たれる。

砲身が回転し、人間どころか魔獣ですらまともに浴びれば肉塊と化す集中砲火を敵に浴びせたが、カムナはすぐにおかしな様子に気付いた。

「りゃりゃりゃ……りゃ……あ、あれ？」

高速連射機関銃《ガトリングガン》の弾丸はことごとくパルマに吸い込まれていったのに、熱された岩の壁が水晶に操られ、たちまち弾丸を弾いてしまった。

これでは、カムナの火器や攻撃は通じない。

パルマも敵の攻撃を無力化できると確信したのか、四つの光の球を生成して掌の上で遊ばせながら、遥か下にいる下々の民を嘲笑う。

「間抜けな攻撃が、通じると思った？　空も飛べない者に、もう敵う術はないと知りなさい」

パルマとしては、カムナ達が圧倒的な実力差に絶望する様を期待していた。

「……空を飛べて、ようやく人並みに喋れるようになるのね、あんたって」

「ぷっ、くく」

ところが、実際に返ってきたのは、カムナ達の嘲る声だった。

人を小馬鹿にするわりにはプライドが高いところにあるパルマが、侮辱に耐えられるはずがなかった。

「――減らず口をおぉッ！」

ぎりりと歯を軋ませたパルマが両手を天井に向かって翳すと、真上を覆いつくす石の素材が剥がれた。

そして、それらが光で焼かれて赤熱したかと思うと、カムナとリゼットめがけて落下してきたのだ。

想像を絶する攻撃を前に、思わず二人は逃げ出した。

「貴女って、どうして余計な一言が多いんですの!?」

「あんたも笑ってたでしょうが！　というかこの岩、掠っただけでも、熱っ、熱いわよ！」

無限に連なる天井の石、その一つ一つが隕石《いんせき》の如く降り注いでくるのだ。いかにアームズ少女といえども、逃げの一手を選ばざるを得ない状況なのに、どれだけ逃げても隕石が落ちてきて、彼女の肌を焼く。

「ははーん、お間抜けですわね！　わたくしは透過するので無傷、って、アームズにひびが入ってますの⁉　隠れるところを探さないと！」

「はぁ⁉　あんた、アームズも透明にできるんじゃないの⁉」

「パルマのクソ野郎、陽の光を強めてるようですの！　わたくし自身は透明にできても、能力の発動がどうにも不安定で……あぢぢっ！」

リゼットも、同じような状況に立たされていた。

どうやらパルマの光の球は、リゼットの透明化を阻害するらしい。

地面を焼くほどの熱さを抱いた隕石を透過できても、透けないアームズは攻撃に当たれば破壊されてしまうのだ。

「だいたい、こんな拓《ひら》けたところに隠れる場所なんてあるわけないでしょ、バカ幽霊！」

「何ですってぇ⁉」

挙句の果てに、わたわたと逃げながらも、まだ二人は口喧嘩をする始末。

「……このまま魔法で攻め立てれば、勝利は確実……だけど……」

そんな愚かな人間を、パルマは神の視点で眺めていた。

もう、彼女にとってカムナ達は敵ではない。

このまま隕石を落としているだけで勝てると理解した彼女がもっと気にしているのは、未だ動きのない土の牢だった。

デッドロウが相手を殺せば、合図を出すはず。

それが、ちっとも来ないのだ。

「たかだか騎士一人を殺すのに、いつまで時間をかけているの、デッドロウッ！」

存外に気の短いパルマが牢に向かって手を翳すと、隕石が土の家屋に集中した。

分厚い土の壁を削り取り、たちまち破壊してしまった先にあったのは、闇の中で倒れるデッドロウの残骸と、向かい合うようにうつぶせになったフレイヤだった。

しかも、騎士の方は血塗れで斃《たお》れているのだ。

「フレイヤ！」

目を見開いてフレイヤを見るカムナとリゼットだが、パルマは彼女の状況を把握した。

「……生きている、わね……辛うじて……」

愚かな従者に代わり、愛しい姉の邪魔者を始末するのが最優先だ。

「それよりもデッドロウ、敵に後れを取り、あまつさえ命令も全うできずに死ぬなんて——従者の恥さらしが！　人を殺すというのは、こうするのよ！」

カムナよりもずっと即断的に、リゼットよりもずっと迅速に、パルマは手段を選んだ。

「罰をうけなさい！　『高熱日射槍《サンビームランス》』ッ！」

彼女が眼前に手を突き出すと、掌の中央で赤い閃光が混じり合う。

そして一瞬で五本の鉄騎槍《てっきそう》を象《かたど》ると、フレイヤめがけて発射された。

高速連射機関銃《ガトリングガン》の弾丸よりも速く、とてつもない砂埃と共に槍は着弾した。

もくもくと立ち込める煙は、なかなか晴れなかった。

フレイヤの無残な死にざまを待ち望んだパルマの目の前で、ようやく煙が晴れ、地面に突き刺さったままの槍と原型を留めない死屍の光景が広がった。

「……チッ、貴女達の馴れ合いぶりを、すっかり忘れていたわ」

――広がっているはずだった。

パルマの舌打ちが示す通り、広がっていたのは損壊された死体などではなく、斃《たお》れ伏すフレイヤを庇うようにして立つ、カムナとリゼットだった。

たった一撃でボロボロになった二人だが、フレイヤには傷一つついていなかった。

「あんた……動けない奴を仲間ごと殺そうとするなんて、マジでムカつくわね……」

「あのクソアマにとって、従者は使い捨てですわ。命など、なんとも思っていませんの」

「へえ、そっか……ますますムカついてきたわ」

ごき、ぼき、と首の鋼鉄製骨格パーツを鳴らすカムナ。

左腕は吹き飛び、内部機構が露出し、青い流動潤滑液体素材《けつえき》が絶え間なく流れ落ちている。

リゼットの透けた腕が握るナイフは、半分が砕け散っていた。

その影響で彼女の体は半分が消えかかっており、もうダンジョン内に留まるのも難しくなっていた。

それでも——フレイヤ以上に傷だらけで、汚れだらけでも、退くことはなかった。

「一旦喧嘩はやめにするわよ、リゼット。アームズが半分砕けて、体が消えかかってるあんたでも、ちょっとはあたしの役に立ってみせなさい」

「左手が消し飛んだあなたよりはましですわ……まあ、いずれにしても、結論は同じでしてよ」

自分を見下し、全てを滅《めっ》そうとした邪悪に、二人は我慢ならなかった。

だからこそ、出会ってから初めて、二人の意志は合致した。

「——あのクソ女を！」

「一撃でぶっ飛ばすッ！」

二重の覚悟と決意は、燃える瞳が示していた。

絶対に許せない敵、パルマを完膚《かんぷ》なきまでに叩きのめすのだ。

「リゼット、あたしの作戦くらいは、言わなくても分かるわよね？」

「もちろん。おバカさんの案を選ぶのは癪《しゃく》ですけど、今回は乗ってあげますわ」

言葉を交えずとも考えを共有した二人を、パルマは初めて脅威とみなした。

そして、死を覚悟した者の抵抗を許さない、神を気取る傲慢さを露わにする。

「何を企んでいるのかは知らないけど、させるはずがないでしょうッ！」

パルマが指を鳴らすと、針の形となった光が、一斉にカムナ達めがけて降り注いだ。

しかも当然の如く、二人を苦しめた隕石も一緒にだ。

「燃える石に加えて、光の針を降らせた！　これでもう、逃げるところはないわ！」

文字通り、逃げ場はない。しかし、カムナ達も逃げるつもりは毛頭ない。

「逃げる気なんて、さらさらないわよ！」

「カムナ、思い切りぶちかましてやりなさいな！」

リゼットが声をかけるよりも先に、カムナは足元の砕けた石畳に五本の指を突き刺す。

そのまま凄まじい腕力で石畳を剥がし、飛来する魔法の力に一切臆さず、石を片手に何度も回転した。

「どっせえぇぇーいッ！」

そして、とんでもない勢いをそのままに、巨石をパルマに向かって投げ飛ばした。

「目くらましなんて、小賢しいッ！」

パルマが目を見開くと、無数の光の針が石を打ち砕いた。

粉々になった石が霧散して視界を覆うが、彼女にとっては気にするほどのことでもない。

（さしずめ煙で視界を遮って、幽霊女が透明化して接近してくるつもりね！　だけど、光の一撃で溶かしてやれば全ては無駄よ！）

そんな考えを巡らせていると、勢いよく煙が晴れた。

隕石と針の隙間を縫って現れたのは、やはりリゼットだ。

ナイフを振るって飛んできたところを見るあたり、カムナに投げ飛ばされたのだろう。

（飛んできても、私と違って飛べもせず魔法もない貴女達に、太刀打ちする手段などない――）

それが何だというのかと言わんばかりに、パルマはリゼットのアームズを、光の刃で打ち砕いた。

青白い幽体が霞み、空気に溶け散ってゆく。

薄れゆくリゼットの姿を見て、パルマは勝利を確信した。

「――なんて、考えているんでしょうね。わたくしが一人で、飛んできたと？」

「えっ？」

間の抜けた声を上げたパルマの正面――消えかけたリゼットの背後から、鎖に繋がれたカムナが飛んできた。

しかも、鎖を口で噛み、拳をこれでもかと握り締めている。

「あんたの顔面をぶっ潰す好機に、このあたしが来ないはずがないでしょうがッ！」

鎖から口を離して吼えるカムナを前にして、パルマの背中を怖気が奔《はし》った。

(あの幽霊……この機械女に投げ飛ばされた瞬間に体を透明化して、鎖で引き寄せた!?　怪力で投げ飛ばした機械女諸共……自分のナイフを、犠牲にしてまで！)

リゼットが仲間を引き寄せ、攻撃を仕掛ける。

これではまるで、パルマの目を斬り裂いた時と同じだ。

「ナイフが壊され、わたくしの体はほとんど消えますが、こっちのバカはそうはいきませんことよ！　カムナ、ここまでお膳立てしてやったからにはきっちり決めなさいな！」

「当たり前じゃない！　あたしの拳で、全部ぶち抜いてやるわ！」

ただ、一つだけ違うこともあった。

パルマは驚愕から一転、遥か上空を舞うカムナを見つめ、にやりと笑ったのだ。

「——なんて、そんな甘い考えが通るわけがないわ」

「えっ？」

カムナの返答よりも早く、突如、双方の視線を遮るように、土の壁が無数に現出したのだ。

「土の壁!?」

「しかも、内側から溶岩が……あれじゃ近寄れませんわ！」

土の壁は赤く光っており、穴の開いたところからは溶岩がこぼれ出ている。

触れてみるまでもなく、当たればカムナの肌でも焼け焦げるだろう。

（残念ね、下民の企みなんてこのパルマ・リ・アルヴァトーレには無意味よ！　この壁を破れるほどの威力が貴女の拳にはないのも、私にはお見通しなのよ！）

相手の顔はこちらから見えないが、きっと絶望に満ちているのだろう。

やっとの思いで接近してきたのに、何もできずに落下するほかないのだ。

しかも、パルマは既にとどめの為の太陽光の槍を二本、自身の周囲に発生させていた。

（土の壁すら破壊できない絶望と共に、二人纏めて槍に貫かれなさい――）

壁の向こうの失意を妄想し、パルマはほくそ笑んだ。

「――なんて、考えてるのよね。あんたのことだから」

「本当に、お間抜けのクソバカですわね」

「えっ？」

――その笑顔がたちまち消えることになるなど、パルマは予想だにしなかった。

壁の向こう側では、カムナが引き絞った右腕を、とてつもない速度で回転させていた。

前腕から先が、貫手《ぬきて》の形を取った掌が、目にも留まらぬ速さで回っている。

超高速回転の軌道が重なり、耳を劈く音を立てる様は、まるで『ドリル』にも見える。

空間を引き裂く超高音は、パルマにも聞こえていた。

「どうせ最後になるんだから、教えてあげるわ！　今からあんたに叩き込むのは、『神威拳《カムナックル》』の究極形！　全てを撃ち抜く最強無敵の一撃！　名を冠して――」

正体が分からず、ただ戦慄の表情を浮かべるだけのパルマに、カムナが獣の如き声で吼えた。

パルマが土の壁を重ねても、魔法の力を強めても、もう遅い。

仮に壁を百重に重ねたところで、全身全霊《ぜんしんぜんれい》を捧げた拳を防げるはずがない。


「『回転螺旋神威拳《スパイラル・ドリル・カムナックル》』ッ！」


絶叫と共にカムナが放った拳は、防壁を砕いた。

この拳の前には、防御など何の意味もない。

何重にも生成されていた土の壁は、あっという間に穴を開けられ、カムナがパルマの眼前に姿を現す。

魔獣を彷彿とさせる形相で突進するカムナに恐怖を覚え、パルマは何かを言おうとしたが、もう、鋼の乙女は何を待つつもりもなかった。

死をもたらす暴虐が、死を与えてきた者に情けをかける理由はなかった。

「うおりゃああああぁぁーッ！」

「ご、お、ばあああがあああぁぁぁッ!?」

そして――鋼鉄色の螺旋《らせん》は、パルマの腹を、肉体を貫いたのだ。

パルマの絶叫が、階層中に轟《とどろ》いた。

螺旋の形を模した拳に肉が抉り取られ、腸が体内から弾き飛ばされる。

血が噴き出し、筋肉が千切れ飛ぶ痛みは、筆舌に尽くしがたい。

痛みに耐えかねて失神したいのに、その痛みが彼女を現実へと引き戻し、同時に穴という穴から脂汗と血が噴出する。

それでも、カムナは止まらなかった。

パルマを浮かべていた足場を砕き、痛みで痙攣する彼女の体をとんでもない速度で落としてゆく。

「どりゃあああぁぁッ！」

そうして、勢いを一切殺さないまま、パルマの体を石畳へと激突させた。

「……お、ごぼ、がはッ……」

石畳が背中で砕け散る感触を覚えながら、彼女の斬り裂かれた目玉が見開いた。

衝撃に耐え切れず、斬撃痕の残った眼球が飛び出し、血を吐き散らした。

「……ぞんな……わ、わだじの、からだ、が……!?」

残された左目の視線を、震えながらわずかに下にずらすと、自分の肉体が映った。

血塗れの腹から下は、もうどこにもなかった。

内臓だけが無造作に散らばっており、足と思しき部分は、カムナのずっと後ろに肉塊として転がっていた。

「そうね。見ての通り、あたしの全力の一撃に耐え切れなくて、腹から上下に千切れてるわ。あんたからは見えないだろうけど、下半身はあそこに飛んでったわよ」

焼け焦げた親指で後方を指すカムナに視線を戻し、パルマはわなわなと震える。

「なん、で……ごろずはずが、ない、のに……」

息も絶え絶えなパルマの言い分を耳にして、カムナは鼻で笑った。彼女の手に握られているボロボロのナイフから、リゼットの呆れた溜息も聞こえる。

「ああ、やっぱりタカをくくってたわけね。あたし達なら人殺しまではしないだろうって、というより、アルヴァトーレ家の連中をギルド側が派遣した奴が殺すはずがないと思って、調子に乗ってたのね」

「そんな考え、お優しいクリス様ならいざ知らず、わたくし達に通じるとお思いになって？　特にわたくしとカムナが、容赦するはずがありませんわ」

「あ、あるばどーれげにざがらって、ただですむと……」

「だーかーら、関係ないのよ。殺さない選択肢もあったけど、あそこまでヤバい攻撃を繰り出す相手に遠慮する気なんて、さらさらないわ。ましてや、あたしのクリスを一度でも殺そうとした奴なら、猶更《なおさら》ね」

「人を殺そうとしたのですから、殺される覚悟くらいはしておきなさいな。おバカさん」

どこまでも甘い企みを、二人は簡単に一蹴する。

それでも、現実を認めたくないと言わんばかりに、パルマは言葉を紡ぐ。

これまで縋ってきたものが無意味になったと悟ったパルマが、いよいよ最後に頼りにするのは、やはり決まっていた。

誰よりも敬愛する姉なら、助けてくれると思っていた。

「……おねえ、ざば……おべえざば……」

「あいつに期待はしない方がいいわよ。あんたを助けになんか来ないわ、賭けてもいい」

「きっと、都合のいい道具がなくなった、程度にしか思っていませんの」

そんな小さな願いすら、カムナとリゼットは打ち砕いた。

イザベラにとって、パルマの扱いはデッドロウや他の面々と変わらない。

血の繋がった妹ですら、彼女にとっては駒に過ぎないと、第三者ですら知っているのだ。

「……ぞんな、おねえざばは、わだじを、おねえざば、は、あ、ああ、あ」

現実を――見ようとしなかった現実を悟り、パルマの体から凄まじい量の血が漏れた。

ごぼ、ごぼ、と肉が零れ、今まで感じていたものを超える痛みが津波の如く肉体に押し寄せた。

「あ、ああ、あー……」

そして遂に、彼女は軽く痙攣して、動かなくなった。

この世全ての苦しみを背負ったかのような顔で、パルマは事切れた。

あまりにも惨めな死にざまを見ても、カムナは何も感じなかった。

彼女の頭の中からは既に邪魔者は消え失せ、仲間を介抱し、クリスのもとに向かうことしか頭になかった。

「……死んだ、みたいね。そんじゃ、フレイヤを担いでさっさと……あらら？」

ところが、カムナは数歩ほどよろめいた後、砕け散った石畳の残骸の辺りで、仰向けにごろんと寝転がってしまった。しかも、リゼットも手からすっぽ抜けてしまった。

「どうしましたの、カムナ？」

「予想以上にダメージがでかかったみたいね。ちょっと、体に力が入んないわ……休憩すれば動けるようにはなるけど、すぐにはクリスを助けに行けないみたい」

アームズの中から問いかけるリゼットに対し、カムナは天を仰ぎながら言った。

要するに、カムナは体力の全てを使い切り、動けなくなったのだ。

「何ですの、それは⁉　気合でどうにかしなさいな！」

「あのねえ、あたしに掴まれてなきゃあ動きもできないアームズの破片が喚いてんじゃないわよ。動かないものは仕方ないし、今はとにかく回復に努めるわ」

「ちょ、ちょっと⁉　じゃあフレイヤはどうしますの、カムナ、カムナってば！」

焦った調子のリゼットの声を聞いて、カムナはフレイヤの方を見た。

確かに傷だらけではあるが、致命傷までは負っていないだろう。

少なくとも、あの程度でくたばるはずがないと、カムナは確信していた。

「あいつなら死なないわよ……いいから黙って、あたしの回復を待ちなさい」

それから、独りで最下層へと向かったクリスに思いを馳せる。

(クリス——あたし、信じてるから。あんたがイザベラになんか、絶対に負けないって)

大きく息を吸い、吐いて、カムナは目を閉じた。

リゼットが怒鳴っても喚いても、動けるようになるまで目を開けるつもりは、彼女にはなかった。

第九章　破壊する術

その頃、クリスは既に階層同士を繋ぐ通路を抜け、最下層を歩いていた。

どれくらい歩いたかは定かではないが、気は抜いていなかった。

どれだけ先に進んでも、やはり魔獣の死体が、あちらこちらに転がっていたからだ。

そんな異臭、腐臭が立ち込めるコロシアムを延々と進んでゆくクリスとコネクトだったが、ようやく足を止めた。

「……それで」

彼が正面を見据えると、ダンジョンの最奥の証、石でできた巨大な壁が見えた。

どこまでも続く、周囲の石柱と同じ色の壁。

まさしくダンジョンのどん詰まりと言うべき最果てを見つめるクリスの目は、険しく、微かな怒りに満ちていた。

「俺をここまで引き寄せた理由を、そろそろ聞かせてもらえるかな——イザベラ」

そこには、黒い剣を片手に立つ、イザベラの姿もあった。

「あら、やっと来たのね。待ちくたびれたわ」

クリスの瞳が冷たく染まっているのは、イザベラに反省の色が見えないからではない。

彼女の足元に、何人もの探索者《シーカー》の亡骸が転がっていたからだ。

どれもこれも、一太刀で斬り捨てられた様子はなく、何度も斬られているようだった。

「……君の傍に斃《たお》れているのは、探索者か？　まだ三日も経っていないのに、殺したのか？」

「殺したわ。他の魔獣と一緒よ、生かしておく意味がないもの」

生かすとは言っていないから殺した。

そう告げられたような気がして、コネクトが敵を睨み、クリスの語気が強まった。

『コン……！』

「……理由を教えてくれ。人柱《ひとばしら》を集める理由を……彼らを殺した意味を」

「理由？　こいつらと同じことを聞くのね、貴方も。そんなのは、あってないようなものよ」

イザベラを視線で探索者の死体を指す。

繰り返し動機を問われたからか、若干苛立っているようだった。

「私はね、私がその時一番楽しいと思うことをしたいの。探索者として一番上に立つ、下民の命を好き放題に奪う、『カミ』を呼び出す……どれも刹那の退屈を満たす為の行為よ。普通なら咎められる行いも、私という人間なら許される」

彼女は、自分がこの世を統べる女王だとでも思っているのだろうか。

そうでなければ、ここまで傲慢な言葉の羅列は、そうそう出てくるものではない。

「許されるのなら、欲望を抑える理由など存在しないわ。貴方は以前からいちいち説明を欲しがるけど、全てに動機があるわけじゃないの。いい加減、理解しなさい」

イザベラはクリスの問いかけを否定した。

いつもならば、対話に至る前にパルマやカムナが割って入るところだが、今は二人きりでゆっくり話ができる。

いくら卑《いや》しい平民とはいえ、ここまで丁寧に説明すれば、流石に彼女の偉大なる立場を理解するだろうとイザベラは本気で考えていた。

クリスが理解を示すことを思い描きつつ、じっと彼を見つめる。

「……ああ、俺もコネクトも理解したよ。君が惨めな臆病者だということをね」

『コン！』

——だから、クリスの顔が怒りから、憐れみに変わったのに気付けた。

彼の表情は殺人鬼への憎しみではなく、孤独な人間への憐憫《れんびん》になっていた。

「……どういう意味かしら」

まるで同情されているように思えて、イザベラの顔が怒りで歪む。

「どうもこうも、そのままの意味さ。君は相手なら誰でもいいと言いながら、そのくせ自分より強い相手に挑まない。君は強い人間のふりをした、弱虫に過ぎないんだよ」

「訂正しなさい。『トッカノツルギ』を得た私は、無敵よ」

「ほら、また。君は俺の知らないアームズを手に入れたから強気になってるだけで、自分が強いから、なんて言えないんだね。本当の力は他の人に毛が生えたくらいで、俺どころか、パルマやデッドロウ、並の探索者にすら敵わないんだよ」

「やめなさい、やめろ！」

「やめろと言われて、権威も何もない君だけの力で、誰かが黙ったことがあるかい？」

黒い剣を握る手の力が強まり、イザベラの顔が一層醜く歪んだ。

それでもクリスは、イザベラに本音をぶつけるのをやめなかった。

イザベラが強がる為に、エゴを押し通す為にどれだけの人が傷つき、失われてしまったのかと思うと、クリスの静かな怒りは急速に膨れ上がった。

「いい加減認めたらどうだ。君は、自分が一番上に立てる世界で粋《いき》がっている臆病者だ。理由がないんじゃない――理由を思いつくほどの脳みそもないだけだ！」

自分でも驚くほどの声で、クリスは吼えた。

死んだ者、殺された者のことを考えると、いかに温厚な彼でも憤激を抑えられなかった。

憐憫は最早どこにもなく、ただただ腐り切った邪悪への怒りだけが彼の体を迸った。

「その場しのぎの生き方しかできない愚かさを認めず、自分の力でもない権力にしか頼れず、自分を騙し続けた哀れな人間だ！　俺にこれだけ罵倒されても一人じゃ言い返せない、頼れるものがなければ震えることしかできない――」

目を猛禽類《もうきんるい》のようにぎょろつかせて震えるイザベラに、高貴さなど存在しない。

反論の言葉も見つからず、苛立ちで唇を噛む彼女に、恐れなど感じない。

弱い者いじめを正当化することしか能のない女に、躊躇《ためら》う罵詈《ばげん》も雑言《ぞうごん》もない。

だから。

「――お前は正真正銘、小心者の、弱虫の負け犬だ！」

クリスは変形して溶断ブレードになったコネクトを構え、心の底から叫んだ。

それはまさしく、イザベラとの最後の戦いの引き金となった。

「そんなに死にたいなら、貴方も人柱の一部にしてやるわあぁぁっ！」

『トツカノツルギ』を握り締めて叫ぶイザベラが、探索者達の死体を蹴飛ばしながら突進してきた。

「技術士《エンジニア》如きが図に乗ったこと、あの世で後悔しなさいッ！」

正面からの斬撃を、クリスは身を大袈裟に翻してかわした。

攻撃は命中しなかったが、わずかに顔を後ろに向けて、彼はぞっとした。

ダンジョンの床と天井を繋ぐ太い石柱が、一撃で何本も切り刻まれていたのだ。

(何本もの石柱を、たった一振りで……！)

思わず恐怖で足を止めかけたが、自分は今殺人鬼と戦っているのだという意識が、彼の体を動かした。

もしも、ほんの一瞬でも地面に足がくっついていれば、今頃イザベラの二撃目で、彼の腕が斬り落とされていただろう。

斬撃を放つ度に、石柱や石畳が砕けて吹き飛ぶ。

鋭さだけではなく、破壊力も伴う攻撃の乱打は、最早人間業ではない。

「あはははは！　どうかしら、『トツカノツルギ』の切れ味は！　絶対に防御できない斬撃を放つこのアームズに、並の人間が敵うはずがないでしょう⁉」

絶対に防御できない剣。

確かにそんなものが実在すれば、貴族あがりの探索者でも、自分がこの世で最も強い人間なのだと錯覚してしまうだろう。

「貴方の首を刎ねて、仲間達やギルドの連中に見せつけてやるわ！　愚かにもこのイザベラ・ド・アルヴァトーレに逆らった者の哀れな末路をね！」

「くっ……まだ勝ってもいないのに妄想に耽《ふけ》るなんて、随分と余裕なんだな！」

だが、クリスはそんな妄想に怯みはしなかったし、事実、攻撃に一度も当たっていなかった。

「だけど、君の思い通りにはいかない！　『トツカノツルギ』の機能は、もう見破った！」

『コォン！』

漆黒の剣『トツカノツルギ』がどうしてこれだけの力を持つのかを、彼は見切った。

「何ですって!?　そんなわけはないわ、『トツカノツルギ』は防御不可能の斬撃を放つ最強のアームズよ！　全ての武器の頂点に立つ、無敵の存在なのよ！」

「その口ぶりからして、君は『トツカノツルギ』の能力を知らないようだね！　もっとも、教えてやるほど俺も甘くはないよ！」

「減らず口をおぉぉッ！」

怒り狂って刃を振るうイザベラの正面にいるクリスは、口調とは裏腹に彼女の何倍も冷静だった。

少なくとも、破壊されゆくコロシアムの惨状に夢中になり、彼が死ぬ未来ばかりを夢想しているイザベラよりはずっと冷静だ。

コネクトの尻尾を掌の中で回す彼の頭は、驚くほど集中し、ある結論を出した。

（――やっぱり。『トツカノツルギ』は、とてつもない速度で振動している）

クリスの目は、イザベラではなく、彼女が持つアームズの刃を見ていた。

剣の端、先端が――普通の視力では捉えられないくらい凄まじい速度で振動しているのだ。

（あの振動が、斬撃に装甲やアームズを壊す能力を与えているんだ！　この武器は剣というよりは、フレイヤの大鋸のような機構を持っているんだ！）

果たして、クリスが見破った『トツカノツルギ』の能力は、禍々《まがまが》しい呪いの力でも、ましてやイザベラの憎悪の集合体でもなかった。

それは剣でありながら、剣と同じ斬り方をしていなかった。

一度に同じ箇所にとんでもない回数の攻撃を加え、強制的に破壊してのけていたのだ。

（だけど、振動はずっと続いているわけじゃない！　わずかな、ほんのわずかな時間だけ止まるタイミングがある！　怒りに身を任せて攻撃させて、鞘に納めるタイミングを与えなければ、チャンスがすぐに来る！）

既に弱点を見つけていた彼は、イザベラの大袈裟な一振りを後方に跳んでかわすと、いつもの彼では考えられないほど不敵な表情で挑発してみせた。

「どうしたんだい、イザベラ！　一発も俺を掠めてないよ！　やっぱり武器頼りで、君の技量は大したことはないな！」

「黙れぇッ！　当たりさえすれば、お前なんかあぁぁッ！」

予想通り、イザベラは目をぎょろつかせて、滅茶苦茶な斬撃を繰り出してくる。

彼が恐怖を心の隅から押しのけ、完全なる集中と共に見つけたのは、超高速で振動する剣の動きが止まった瞬間――ほんの一瞬、刹那の狭間《はざま》だ。

(ここだッ!)

クリスの解体術は、絶好の機会を逃さなかった。

「いくよ、コネクト! オロックリン流解体術『壱式甲型』ッ!」

『コーンっ!』

彼が振るったコネクトの尻尾の先端は、見事に『トツカノツルギ』に直撃した。

その瞬間、漆黒の傷一つない刀身に、雷のようなひびが入った。

折り切ることはできなかったが、アームズとしての機能を果たせなくなるほどのダメージを、一撃でクリスは与えた。

とはいえ、勝利の喜びに浸《ひた》る余裕はなかった。

「――あぎゃああああぁぁッ!?」

何故なら、イザベラが突然、妙な大声を上げたのだ。

連撃を叩き込もうとしたクリスが、反射的に距離を取る。

異常な雄叫びを上げた彼女は、ぎょろりと白目を剥き、耳まで裂けたのかと思うほど口を開いていたのだ。

「この、よくも、よくもワタシを壊してくれたなァ! くだらない人間風情が神の武器たるワタシの隙を見抜き、反撃するなど、許されるはずがないいいぃッ！」

ひびの入った剣を振り回し、イザベラはダンジョン中に響く声で喚き散らす。

しかも、彼女の声ではない、別の誰かの声で、だ。

「……やっぱり、俺の予想は当たっていたのかもね」

『コン、ココン？』

「ああ、そうだね……君の違和感も、当たってたみたいだ」

ぎょろぎょろと辺りをおかしな様子で見回し、剣を当たりもしない方向に振り回しているイザベラを見つめて、クリスは静かに言った。

彼の予想では、今の彼女はただ正気を失っているだけには留まらない。

聞いたこともない、あり得ない事象ではあるが、クリスの結論は一つだった。

「イザベラ、いいや、彼女を支配している誰か。君はいったい、何者なんだ？」

イザベラは――操られている。

彼女が手にした武器が持つ人格によって。

『コオォーン！』

出てこい、と言わんばかりにコネクトが鳴いた。

少しだけ間を開けて、イザベラは沈黙を破った。

「……ワタシが誰か、ですって？　簡単よ、貴方の目の前にある物が、それよ」

今度はもう、彼女の声ではなかった。

静かな、澄んだ声だった。

だが、どうしても心が安らぐようなものではなく、むしろその正反対で、不安感を煽り立てるような声にしか聞こえなかった。

そしてクリスには、声の正体が分かっていた。

「……『トツカノツルギ』、か」

イザベラが持つアームズ、『トツカノツルギ』。

とても信じられない話だが、そう仮定しないと、イザベラ本来の人格とここまでの奇行が結びつかなかった。

つまり、武器の中にある人格が、イザベラを乗っ取ったのだと。

「初めて聞いたよ。自我を持ったアームズ、しかも持ち主の意識を乗っ取るなんて。イザベラの体を支配して、人殺しをしていたのは、君なんだね？」

「勘違いしないで欲しいわ。確かにワタシの目的は、人の血と亡骸を揃えて儀式を執《と》り行うこと。けど、標的に街の人間を選んで、あんな殺し方をしたのは彼女よ」

澱んだ碧色の瞳でクリスを見つめながら、中身が別人のイザベラが答えた。

「ワタシとこの人間は、魂の波長が合っていたのよ。だから剣を握った時に、ワタシの魂を肉体に流し込んで支配できた。とはいえ、自分以外の人間が憎くて仕方がないとか、自分を最高位の存在だと思っているところは、流石のワタシでも呆れたけど」

「これまでの殺人が全て、イザベラの意志だと？」

「半分はね。少なくとも、生贄をいたぶっていたのは人間の方よ」

「それで、イザベラにここまでやらせた真意はなんだ？」

「さっきも言ったし、彼女が紙に書き記した通りよ。人柱を集め、『カミ』を呼ぶの」

彼の問いに対し、トツカノツルギは何でもないかのように語り始めた。

「この調子じゃあ呼べる『カミ』は弱くて小さいものばかりだけど、神器《じんぎ》たるこの『トツカノツルギ』が、いずれはこっちの世界を『タカマガハラ』に戻してみせる。この世は再び、上位存在だけが住まう真の楽園となるのよ」

とてもクリスでは理解できない言葉の羅列だけがそこにあった。

儀式を執り行うところまでは辛うじて理解できたが、そこから先は学者か何かでないと、到底意味が分からないだろう。

『カミ』も、『タカマガハラ』も、何を指し示す、何であるかが完全に謎なのだ。

なのに、トツカノツルギはそれが世界の常識であるかのように、饒舌《じょうぜつ》に語り続ける。

それらが当然となっている別の世界からやってきた、とでも言いたげだ。

「ワタシは、こちらの世界に送られてきた計画の尖兵《せんぺい》。人類に二度目の滅びを与え、『カミ』によるあらゆる世界の支配を称《たた》える偉大な物語の語り部《べ》。全てを成し遂げる為の、天界《てんかい》の剣なのよ……説明は、これでいいかしら？」

ひとしきり話し終えた彼女に対するクリスの声は、冷たかった。

「……ああ、十分だよ。まともに話しても、会話が通じないって、今分かった」

クリスは確信した。

眼前のそれは、生かしておいてはならない存在だ。

ならば、クリスの使命は止めるだけに留まらない。

死の責任を背負おうとも、務めは一つ。

「話しても意味がないなら、俺が倒す。これ以上、誰も殺させやしない！」

クリスの瞳は、怒りと覚悟の炎を灯し、トツカノツルギを睨んでいた。

『ココォーン！』

これまでにないほど、彼とコネクトは敵意と闘志を爆発させていた。

「ふうん、刃向かうのね、このワタシに」

てきとうに振っていた剣の動きが、ぴたりとやんだ。

イザベラだった顔が醜く歪み、人の形をわずかに逸脱し始めてゆく。

「こっちもそのつもりよ。よくも刀身に傷を入れてくれたわね……『トツカノツルギ』が持つ最強の力で、絶望の淵《ふち》に叩き落としてやるわ！」

何かが来る、とクリスが身構えた瞬間、彼女は天に顔を向け、雄叫びを上げた。

「オオ、オオ、オオオォォォォッ！」

ダンジョン全体が振動しかねないほどの大声に呼応するかのように、黒い剣が彼女の手元を離れたかと思うと、ふわふわと宙に浮いた。

そして、イザベラの口から喉の中へと、ずぶずぶと潜り込んでいったのだ。

それだけでも驚愕に値《あたい》するが、信じられない事態はまだ続いている。

クリスの眼前で、死んだ探索者達のアームズが浮かび上がり、彼女の体にくっつき始めた。

「なんだ!?　落ちていたアームズが纏わりついて……!?」

『コン!?』

いや、くっつくというよりは、刺さると表現した方がいい。

剣が足を貫通し、槍が腹を裂き、まるでイザベラの肉体を中心とした集合体の如く、一つの形を創り上げてゆく。

ここにいる者達の武器だけでなく、どこからともなくそれらが飛来する。

「剣を傷つけた罪は重いわよ！　もう綺麗に斬り殺してやるつもりはないわ、ダンジョン諸共粉々に引き潰して、最も苦しい死を与えてあげる！」

無数の鋼が、探索者の遺物が、トツカノツルギを人の姿へと昇華させる。

長い剣の髪。

槍が集まった指と腕。

鎧《よろい》が何重にも連なった胴体と足。

顔の部分は目と口の部位だけが真っ黒に窪《くぼ》んでいたが、どういう理屈か、たちまち赤い血の塊のような液体で満ちた。イザベラのものかどうかは、考えたくもない。

かくして誕生したそれは最早、一つ一つのアームズを重んじる技術士へのアンチテーゼ。

アームズを従える上位存在の傲慢と、力の権化《ごんげ》。

「この姿は……鋼鉄魔獣《ギガメタリオ》⁉」

おぞましい姿に、クリスはかつて死闘を繰り広げた魔獣の強化型のことを重ねる。その時の相手は、他の魔獣から奪った装甲を纏った巨大な猿であった。

しかし、推察している暇はないし、思考する余裕もない。

『さあ……これが、ワタシの真の姿！　他の武器を己の手足にする、人知超越の力！　人間では到底及ばない力に慄きなさいッ！』

トツカノツルギだった何かの絶叫は、ダンジョンを震撼《しんかん》させた。

今やこの怪物は、『決闘場』の生態系の頂点に君臨《くんりん》したのだ。

『きゃはははああぁッ！』

イザベラもとい、トツカノツルギもとい、完全なる怪物。

それは壊れたような高笑いと共に、クリスめがけて拳を振り下ろした。

（威力も凄いけど、あの巨体でこの速度を出せるのか⁉　それに、体を構成するアームズ全部が振動している！　少し触れるだけで、確実に体が破壊されるぞ！）

反射的に彼は攻撃を避けたが、もともと立っていた場所の石畳が粉々に砕け散った。

単にパワーが強かっただけでなく、鋼の集合体は、トツカノツルギの特性をしっかりと受け継いでいたのだ。

つまり、怪物の肉体全てが、防御不能の黒い剣となっている。

そんな相手とまともにやり合えば、今度こそ体が細切れになってしまうのは自明《じめい》の理《り》だ。

『逃げているばかりでいいのかしら⁉　このままだと、ダンジョンが崩れ落ちるわよ！』

当然、怪物は彼を逃そうとはしない。

柱の陰に隠れても、どれだけ距離を取ろうとしても、巨躯に似合わない素早さと、巨躯に相応しい破壊力で逃げ場と隠れ場所を叩き潰す。

何度も、何度もクリスの逃走経路を破壊し尽くすのだ。

（パワーもスピードも桁違《けたちが》いだ！　逃げていても、ダンジョンが崩落して俺が死ぬか、その前にトツカノツルギに斬り殺されるかのどちらかしかない！）

しかし、クリスの目には、無限に続くかのように思える肉体の振動の狭間が見えていた。

（だけど、やっぱり振動が止まる瞬間も残っている！　狙うなら――ここだッ！）

黒い剣だった頃から存在し続ける、唯一の弱点だ。

大ぶりなパンチの隙間を縫うようにして接近したクリスは、コネクトを構える。

「オロックリン流解体術……『壱式』！」

そして、一気に彼女の腕へとコネクトを叩きつけ、そのままの勢いで撫でつけるようにして、魚を捌くかの如く切り離した。

だが、それだけだった。

なんと、怪物を構成するアームズはたちまち彼女の体に戻っていくと、何事もなかったかのように再生してしまったのだ。

「……バカな……ぐッ!?」

それでも反撃を試みるクリスだが、足が止まった好機を敵も見逃さなかった。

針の筵《むしろ》のような掌が、とんでもない力でクリスの体を掴んだ。

『かい？　たい？　じゅつですってぇぇエッ!?』

「うぐ、があぁぁッ！」

みしみしと音を立てるクリスの肉体を、怪物が思い切り地面に叩きつけた。

刃が体に食い込み、一撃で立ち上がれなくなるほどの衝撃が全身を襲う。

衣服が裂け、血が染み出す様を見た怪物はにやりと笑うと、巨大な掌を開いてクリスを解き放った代わりに、今度は連続して殴打をお見舞いした。

『そんなちゃちな技が、この体に通用すると思っているの!?　解体したところで、別の部品がその部位の役割を果たす！　あらゆる攻撃は無効化されるのよ！』

怪物の能力は、クリスにとっては天敵だった。

解体しても修復されるのだから、解体術をいくら放っても徒労に終わってしまうのだ。

加えて、フレイヤやカムナなら耐えうる打撃でも、クリスでは一つ一つが致命傷に近い。

避ける間もなく連打をもろに食らう彼では、時期に死がやってくるだろう。

『それに、貴方も今、理解したでしょう！　無数の武器の集合体は、触れるだけで肉体を破壊する！　近づくことすら許されない、無敵の肉体に蹂躙《じゅうりん》されなさあぁぁいッ！』

『ココン、ココン！』

何故かコネクトを防御に使わないクリスは、技を一方的に受けるばかりだ。

「げほ、がほ……まだ、まだ、が、あぐうあああ！」

『弱い、弱い、弱すぎるわ！　真の負け犬とはお前のことよ！』

どうにか立ち上がろうとする、微かな抵抗すら、怪物は許さない。

大きな足を振り上げ、蹴りまで叩き込み、完全なオーバーキルを成し遂げようとする。イザベラの残虐性ならば、クリスが死んでも攻撃し続けるだろう。

『ほらほら、反撃してごらんなさい！　雑魚風情の技で、何かできるものなら――』

だが、そんな展望はあり得ない。

彼女は今、クリスを圧倒しているのだから――。


「――もう、やって、る、よ」


――だから、圧倒的有利の状況を覆《くつがえ》す言葉が放たれるなど、思ってもみなかった。

『……何ですって？』

クリスの腹を殴り潰す拳を叩き込んでから、怪物は腕を引いた。

相手は体中が血まみれで、上半身がはだけるほど衣服が破れていて、ほとんど死に体《たい》にしか見えなかったが、敗北を認める顔をしていなかった。

その理由を教えるかのように、彼はコネクトの尾で、彼女の右腕を指した。

「……よく……自分の腕を、見てみると……いい」

『腕？　腕が、どうしたっていうの――え？』

最強無敵の腕を言われるがまま持ち上げた怪物は、赤い目を見開いた。

無数の武器で構成された腕――その半分ほどが、消えてなくなっているのだ。

『体を作るアームズが、減ってる？　何で、どうして？』

痛みを感じないのに、反撃すらされていないのにどうして、と困惑する怪物に、ゆっくりと立ち上がったクリスは、口の端から垂れる血を拭いながら告げた。

「……君は、解体術を舐めすぎだ。アームズの創造と解体の専門家を前にして、アームズで勝負を挑むなんて、最初から勝ち目はない」

『何を……』

「道具を直す為に必要なのが解体術なら、これはその逆……壊すことのみに特化した、俺の忌むべき力だ。そうそう見る機会はないんだ、その目に焼き付けておけ」

立ち上がったクリスの瞳に宿るのは、闘気を超えた覇気《はき》。

両手に握り締める二本の溶断ブレードの刃が、まばゆく見えるほど赤く輝いている。

それこそが、まさしくクリスが持ちうる最後の力。

「オロックリン流解体術――『参式《さんしき》』」

『コンっ』

解体術を超えた、破壊の為の術。

完全なる奥の手を使うクリスは、コネクトを敵に突き付けた。

『何なの……何をしたというのおおぉぉッ!?』

「それをこれから説明するんだ、あの世への手土産《てみやげ》にするといい」

再生するはずの自分の腕が消失するとは思ってもみなかったようで、怪物はダンジョンを揺るがすほどの絶叫を轟かせたが、クリスの静かな声で我に返った。

腕の一部を破壊されたショックよりも、ただの人間風情に挑発された屈辱の方が、彼女を動かす原動力として勝《まさ》ったようだ。

『たかだか右腕を壊したくらいで、図に乗るなァッ!』

残された左腕を震わせて殴りかかる怪物だが、クリスはもう、避けようとすらしなかった。

「言い忘れていたけど、俺に触れようとするのは、やめておいた方がいいよ」

彼の呟きと共に翳されたコネクトの刃が、一層赤く燃えるように染まった。

触れた空気を蒸発させるかのような音を立てるそれを振るい、クリスはまたも解体術と同じ動きで攻撃を防いだ。

『あああ、あぁ――あ、あれ、え？　なんで、なんで、なんで』

殴りつけようとした鋼の指が、消え去った。

いや、違う。消えゆく無数の鋼鉄は、虚空《こくう》に失われたのではない。

『――なんで、ワタシの手が溶けているのおおおぉぉッ!?』

尻尾の先に触れた部位が、物凄い熱に圧《お》し負けて、溶けてしまったのだ。

指先が消えたのではなく、赤いどろどろのマグマのようになっていた。

それらが床を深紅に染め上げ、肉体としての機能を永遠に損なわせてしまったのだ。

「簡単なことさ。コネクトの尻尾を変形させたブレード、その赤熱機能を限界まで高めただけだよ。制御を外された熱は、アームズの部品を溶かすほど高温になる。特殊な加工を施したコネクトは燃えないけど、君の体なら、こうなる」

叫び散らしながら腕を振り回す敵の前で、クリスは刃を振り、赤熱した部位を足元に転がる槍にゆっくりと近づけた。

すると、アームズは一瞬だけ柔らかくなり、同じく赤い泥《どろ》の如く溶けてしまった。

床すらも奇怪な音と共になくなっていく異常な光景を目の当たりにして、流石の怪物も、慄きを抑え切れなかった。

『鋼が……泥のように……!?』

形を保っていれば、怪物は肉体にそれらを装備して再生できる。

だが、完全に形を失ったのなら、ただの鉄は戻ってこない。

いや、恐らくは、戻さないようにクリスがしているのだ。

それだけの熱をもたらすコネクトの刃はどうなっているのか。

どうしてただの人間であるクリスが耐えられているのか。

「この攻撃を受けたアームズ、あらゆる武具は轟雷《ごうらい》に打たれたかの如く溶け、砕け、消失する。だから俺は参式、『神業《かみなり》』って呼んでる……俺にとっては、忌むべき力だ」

怪物が問いを口に出す前に、クリスが言った。

彼の目は、肉を焦がし、手を焼く痛みなど意に介していなかった。

『コン……』

「大丈夫だよ、コネクト。俺の腕が動かなくなる前に、ケリをつける」

コネクトが小さく鳴いたのは、長くこの技を使い続ければクリスの手がその機能を失うと知っているからだ。

「解体術には直す為という大義がある。この術は、直せる状態にすらしない。溶かし尽くし、破壊し尽くす。技術士の意に反する力だよ」

だが、たとえ技術士にとって禁忌の技でも構わない。

掌が焼かれ、元に戻らないとしても構わない。

「けど、君に使うならうってつけだ――直してやる必要が、ないんだからッ！」

眼前の敵を――完膚なきまでに破壊してやることが、できるのならば。

『コォーン、コォーンっ！』

もう、クリスは邪悪な者の攻撃を待たなかった。

コネクトも、相棒の決意を疑わなかった。

自らの手で怪物を――トツカノツルギを破壊すると決めたクリスは、凄まじい速さで突撃したかと思うと、跳び上がって赤熱したコネクトを薙ぎ、鋼の体を溶かし始めた。

『おぎょごおおお⁉』

いかに怪物とはいえ、肉体を溶かされて何とも思わないはずがない。

反撃を試みるトツカノツルギだが、クリスの方が圧倒的に小回りが利くし、むしろ不用意に抵抗しようとすれば、その箇所が焼き切られるのだ。

素体《そたい》となっているのが人間であるイザベラだからか、それとも意思を持つアームズだからなのか、敵は痛みを感じているようだった。

「はあああぁッ！」

『ぎゃがあああああああああッ！』

口を大きく開けて叫んでも、耳を劈くほどの大声で喚いても、クリスは手を止めない。

手足から骨のような部位が剥き出しになり、残った溶鉄がそこを破壊していく。

人間なら、骨を火で焼かれるようなものだ。

いかに怪物、神器といえども、そんな激痛で泣き喚かないはずがない。

『どうして、腕が、足が再生しないのおぉぉ⁉　それに、熱い、あづいいぃぃ！』

苦痛で悶え苦しむトツカノツルギを見て、クリスは怒りの炎を目に滾《たぎ》らせる。

その「痛い」を、「苦しい」を、彼女はいったいどれだけの人間に味わわせてきたのか。

それらを与えておきながら嘲笑ってきたのか。死を無為に与えてきたのか。

「熱い、か！　痛みを感じるのなら、もう少し他人の苦しみも理解してやるべきだった！　それができないのなら、この熱は君を焼き尽くすだけだ！」

『ごの、ごのおぉ！　調子に乗るな、乗るな、乗る――あああぁぁッ⁉』

激昂するクリスの前に、神のアームズであることなど、人間よりも遥か上の存在であることなど、何の意味もない。抵抗も無駄で、激痛と共に体が失われていくばかりだ。

それでも、クリスは手を止めない。体を捻らせ、回転させ、熱で敵を焼き斬る。

「もう誰も奪わせない、殺させない！　君が人の死だけを望むというのなら、その手も、足も、何もかも全部を解体してやるッ！」

『め、目があぁぁ!?』

そしてとうとう、コネクトの尾の刃がトツカノツルギの目の部分を焼いた。

赤い刃が顔を削ぎ落し、半分ほど溶かし切って奪い取ったのだ。

目が見えなくなっても、体を溶かした張本人を見つけてやると言わんばかりに顔を振り、残った目だけで左右を見回すが、既にクリスもコネクトもどこにもいない。

気配をどうにか感じ取り、踏みつぶしてやろうとするが、どこにも見つけられないのだ。

『どごだ、どごにいっだ!?　にげるな、がぐれるな――』

いや、正確に言うと、トツカノツルギの視界にいないだけだ。

「――終わりにしよう、イザベラ。いや、トツカノツルギ」

自分が決して見られないところから静かな声が聞こえた時、彼女は凍り付いた。

溶けた腕も、足も、半分爛《ただ》れた鋼の顔も強張らせて、声の在り処《か》を理解した。

クリスとコネクトは、トツカノツルギの頭の上に立っていた。

血みどろのまま、溶けかかっている赤い刃を一対携えて、立っていた。

勇猛さと冷酷さを湛《たた》えた声を聞いたトツカノツルギの顔が、醜く歪んだ。

『……その声は……スサノヲ!?』

彼女の脳裏《のうり》を過《よぎ》るのは、ある男の顔。

剣を手に、全ての同胞《どうほう》へと背を向けた男の冷たい顔。

神の使いである自分への敬意など、微塵もない冷徹な顔。

『なんでだ……タカマガハラの裏切り者が、なんでだあぁぁ！』

闇に染まった男の表情を思い出し、痛みを忘れたトツカノツルギが吼えた。

そしてそれが、最期の強がりとなった。

「――俺は、クリス・オロックリンだあああぁぁッ！」

『コオオォォーンっ！』

クリスが己の名を叫びながらくるりと跳び、両手の赤熱ブレードで頭からトツカノツルギの巨大な体を真っ二つに斬り裂いたからだ。

鋼の集合体であることなど、クリスの力の前では何の意味もない。

溶け、消えてなくなるアームズの肉体は、凄まじい勢いで破壊されてゆく。

「うおおぉぉーッ！」

『ぎゃぼぐぶえぎぇぎゃぎゃぎゃぎゃぎゃあああああぁあッ!?』

トツカノツルギか、イザベラか分からない声が鳴り響いても、それが鼓膜《こまく》を引き裂きかねない大声でも、クリスは手を止めなかった。

背中から首を斬り、脊髄《せきずい》を裂き、腰を溶かし、コネクトの『爆炎剣』の一閃は赤い炎と共に煌

めく。

「はあぁぁーッ！」

そうして斬撃が足まで届き、着地したクリスの前で、怪物はぴたりと動きを止めた。

中心線からきっちりと深紅に断たれ、左右で別の生物となったトツカノツルギの瞳から生気が消え、それぞれが別の方向に斃《たお》れた。

床に激突するのと同時に、固まっていたアームズはことごとく散らばった。その中から転げ落ちた黒い剣に多くのひびが入り、完全に砕けてしまった。

どうやら、トツカノツルギの能力は一切合切《がっさい》失われてしまったようだ。

——つまり、クリスが勝ったのだ。


「……痛、た……」

敵が抵抗しなくなったのを感じ取ってから、やっとクリスはコネクトを手放した。

というよりは、焼け焦げた掌の痛みが強く、とうとう手放してしまったというべきか。

「手の感覚がない……反動が大きすぎるかな、この解体術は……」

ひとまず、仲間達がここに来るまでは何もできない。

肩で息をしながら亡骸を見つめていたクリスは、ごろりと倒れ込んだ。

「……ん？」

ふと、トツカノツルギの残骸が、もぞもぞと動いた。

じっとクリスが見つめて、狐の姿になったコネクトが唸っているうち、山のように重なった小さなアームズの一つをどかして、イザベラが息も絶え絶えに這い出してきた。

「はあ、はあ……よくも、よくも私を……」

ただし、もうイザベラとは呼べない姿になっていた。

トツカノツルギの中にいた影響を受けたのか、体はほとんどが金属のような色で、装飾が施されていて、おまけに半分以上が焼け爛れている。

肉体が変質したおかげで、怪物の中にいても、参式の攻撃を受けてもなお動けたのだろうが、あれではもう人間としてまともな暮らしを送るのも、そもそも長生きできるかも怪しい。

それでも、彼女は傲慢さを微塵も崩さず、クリスをぎろりと睨んだ。

「直しなさい、クリス……この私を直しなさい、技術士ならできるでしょう……！」

ぜいぜいと小刻みに息を吐くイザベラが這い寄ってきても、クリスは動じなかった。

『コン、ココン！』

「いいよ、コネクト……君が出るほどの、相手じゃない」

イザベラに飛びつこうとするコネクトをなだめて、クリスが言った。

「……正気と言っていいかはともかく、自我が戻ったみたいだね、イザベラ」

彼は人外の輩となったイザベラを、ちっとも恐れていない。

「でも、もう君は直せないよ」

「何ですって？」

「元の人間には戻せないし、何よりここまで歪んだ心は直せない。俺にできるのは、君が他の誰かの幸せを壊す前に……君自身を壊してやることだけだ」

かといって、憐れんでもいない。

イザベラは刃と化した手で迫り、クリスに触れられるほどの距離まで近づいてきた。その額を、クリスは震える指で、こつんと叩いた。

もちろん、力を振り絞った末の無様な抵抗などではない。

彼には見えていた――イザベラのどこを叩けば、肉体が限界を迎えるのかを。

「が、あ、そんな」

次の瞬間、イザベラの顔が、腕が、焼けた部位が音を立てて壊れ始めた。

力の弱い接着剤で繋ぎ合わせていた積み木が崩れるように、イザベラが崩壊してゆく。人間ではあり得ない、アームズ特有の壊れ方だ。

指が、目玉が、髪が、全てが損なわれる中、彼女にできることなどない。

「私、死にたくない、まだ、まだあああ……」

そうして、何よりも惨めな断末魔の声と共に、イザベラは消えた。

ただの鉄の欠片と化したイザベラを、クリスは長く見つめていなかった。

「……はは、今までそうじゃないかって思ってたけど、やっと確信できたよ」

自嘲と共に、彼はゆっくりと天井を仰ぐ。

これまで認められなかった現実を、彼はやっと受け入れた。

「俺は、修理じゃなくて——破壊の天才みたいだ」

しかし、抵抗はなかった。

遠くから聞こえてくる足音の主——仲間を守れるのならば、全部受け入れてやる。

そう強く誓い、クリスは傍に寄るコネクトと共に、ゆっくりと目を閉じた。

エピローグ

イザベラと『高貴なる剣』がもたらした恐るべき事件は、あっさりと終幕した。

表向きに伝えられた事実は、「エクスペディション・ギルドが調査に向かった先でイザベラと仲間が凶行におよび、そののち自殺」というものだ。

アルヴァトーレ家は娘が引き起こした大事件を重く受け止め、二度とこのような事態にならないような規則整備に協力を惜しまないと、固く約束した。

同時に、ケビン・ジェンキンスギルド本部長も辞職という道を選んだ。

イザベラの横暴を見て見ぬふりをしていたという点は、世間からも風当たりが強かったが、脅迫されていたという点を鑑《かんが》みて、辞職に加えて、定められた期間のホープ・タウンからの追放という処分に落ち着いた。

目下《もっか》ギルドは、新しい本部長の選出やダンジョンの探索活動再開でてんやわんやだ。

◇◇◇◇◇◇◇◇◇◇◇◇

探索者《シーカー》達と同様に街が活気を取り戻す中、街を救った救世主はそこにいた。

――エクスペディション・ギルドへ続く大通りを歩く、クリス・オロックリンだ。

人知れずイザベラ達と戦い、トツカノツルギの野望を食い止めた彼らは、ギルド側で再び手厚い治療を受けた。

その中でもクリスは、早めに診療所を出られたのである。

「今日も元気そうだな、オロックリン！」

「クリスさん、コネクトもごきげんよう！」

『コンコン！』

相変わらず三本の尻尾を揺らすコネクトを肩に乗せて街を歩く彼に、誰もが手を振り、笑顔を見せる。クリスも手を振り、笑顔で返す。その背には赤い大鋸を負っていた。

『決闘場』の一件を知られずとも、すっかり彼は街の頼れる人気者だ。

もちろん、ホープ・タウンをこっそりと救ったのは彼だけではない。人で賑わう大通りの向こうから近寄る女性も、そのうちの一人だ。

「やあ、クリス君！」

大手を振って大股で歩いてきたのは、フレイヤだ。

パーティーの中で一番の大怪我を負った彼女も、ダンジョン由来の治療薬をフル活用したおかげで、短い間で包帯を軽く巻く程度まで回復した。

「フレイヤ！　怪我はもう大丈夫なのかい？」

「まだ少し痛むところはあるが、探索には差し支えない！　私としても早めになまった体の調子を戻しておきたいからなっ！」

胸を張るフレイヤの様子を見て、クリスは背負っていた大鋸を差し出した。

「それを聞いて、安心したよ。じゃあ、このグレイヴを渡してもよさそうだ」

散々壊され、刃だけになったとは思えないほど、大鋸は完全に修復されていた。

修理を終えるまでにクリスが夜なべを続けていた姿を思い浮かべ、フレイヤはぐっと拳を握り締めて、燃える瞳に決意を湛えてグレイヴを受け取った。

「……もう二度と、この大鋸を砕かせはしないと、君に誓おう」

フレイヤはグレイヴを背中に担ぎ、精悍な表情で強く頷いた。

「クリス様、わたくしも元気百倍フルパワーですわ！」

すると、彼女が肩にかけたポーチの中から声が聞こえてくる。

こちらもアームズをボロボロにされたリゼットだが、彼女の場合は修理が比較的容易で、ホープ・タウンに戻るまでの間にかなり元の姿を取り戻していた。

「リゼットも、武器が修復できたおかげでほとんど回復したみたいだね。フレイヤが退所するまでの間、一緒にいてくれてありがとう」

フレイヤを一人にしないよう、傍にいてくれるというのは、カムナの修理や自分の治療で手いっぱいだったクリスにはできない芸当だ。

そのお礼をしたいと思っていた彼に、ふと名案が思い浮かんだ。

「そうだ、近いうちに、日光の下に出てきても問題ないような調整をしようか！」

「ま、マジですの⁉　わたくし、遂にお日様の下を歩けるようになりますのね！」

「ああ、絶対に成功させるって約束するよ」

ポーチの中身は見えないのに、リゼットの声だけで嬉しさと愛おしさが伝わってくる。

「はあぁ……やっと、やっとクリス様のお隣を、伴侶として歩けますわぁ……！」

うっとりとした声を聞きながらクリスとフレイヤが笑っていると、パーティーに欠かせない最後の一人が、クリスの来た道をついてくるようにやってきた。

「なーにをほざいてんのよ、バカ幽霊」

フン、と鼻を鳴らして仁王立ちしているのは、カムナだ。

クリスによってしっかりと修理された彼女もまた、山ほどの荷物を背負っても平然としていられるくらいに回復した。

いや、毎日クリスにしっかりとメンテナンスしてもらったおかげか、以前よりもずっと元気で強気、勝ち気にも見える。

「げっ、バカムナ！」

「ふざけたことを言ってたら、ナイフをへし折ってやるわよ。それよりもクリス、頼まれてたアイテムを調達してきたわ」

フレイヤのポーチを軽く叩いてから、カムナはクリスに荷物の一部を渡した。

「ありがとう、カムナ」

それを背負った彼と仲間達は、円陣を組むように立つ。

戦いの傷は癒えた。再びホープ・タウンに平和を取り戻した。

「さて、怪我が治ったフレイヤと武器の調整が完了したリゼット、あたしとクリスが揃ったってことは、いよいよダンジョン探索の再開ってわけね？」

ならば彼らも、本来の仕事に戻る時——探索者として活動する時だ。

カムナの問いかけに、クリスは歯を見せて笑い、答えた。

「俺はそのつもりだったけど、皆はどうかな？」

「いつでもドンときやがれ、ですわ！」

「どんなダンジョンだろうと大歓迎だっ！」

『コーンっ！』

仲間達の返事を聞き、カムナも指をぐっと立てる。

「……あたしは、クリスとならどこにでも！」

彼女の拳に、クリスとフレイヤが自分の拳を、コネクトが尻尾をぶつける。

太陽の下には出られなくても、三人にはリゼットが拳を突き出しているのが見える。

何故なら、彼らは同じ『クリス・オーダー』のパーティーで――。

「――じゃあ、行こうか！　俺達の夢を、願いを掴む探索に！」

――それぞれの夢を叶えるべく前に進む、深い絆で結ばれた仲間達だからだ。

笑い合う四人と一匹。

どんな障害があっても引き裂けない強い絆で結ばれた彼らは、ギルド本部へと続く大通りを、跳ねるように駆け出した。

異世界ゆるり紀行
子育てしながら冒険者します
1~15
水無月静琉
Minazuki Shizuru
シリーズ累計110万部(電子含む)突破!!
2024年待望のTVアニメ化!
1~15巻好評発売中!
コミックス1~8巻好評発売中!
子連れ冒険者ののんびりファンタジー!
神様のミスで命を落とし、転生した茅野巧。様々なスキルを授かり異世界に送られると、そこは魔物が蠢く森の中だった。タクミはその森で双子と思しき幼い男女の子供を発見し、アレン、エレナと名づけて保護する。アレンとエレナの成長を見守りながらの、のんびり冒険者生活がスタートする!
異世界ゆるり紀行 子育てしながら冒険者します
水無月静琉
転生したら、双子を保護しました。
子連れ冒険者の異世界のんびりファンタジー!
異世界ゆるり紀行 子育てしながら冒険者します
水無月静琉
みずなともみ
転生したら、幼い双子を保護しました。
シリーズ累計15万部!!
◉各定価:1320円(10%税込) ◉Illustration:やまかわ
◉漫画:みずなともみ B6判 ◉各定価:748円(10%税込)

Re:Monster
リ・モンスター
1〜9・8.5・外伝
暗黒大陸編1〜3
金斬児狐
Kanekiru Kogitsune
シリーズ累計
150万部
(電子含む)
突破!
2024年4月
TVアニメ
放送決定!!
ネットで話題沸騰!
怪物転生
ファンタジー
最弱ゴブリンの下克上物語 大好評発売中!
Re:Monster
リ・モンスター
金斬児狐
転生したのはまさかの最弱ゴブリン!?
ネットで超人気!
怪物転生ファンタジー
【小説】
1〜9巻/外伝/8・5巻
◉各定価:1320円(10%税込)
◉illustration:ヤマーダ
新章
Re:Monster
暗黒大陸編
THE DARK CONTINENT
リ・モンスター
1
金斬児狐
最弱ゴブリンから最強黒鬼へ――
そして新世界の伝説へ!
新たな旅が今始まる!
累計65万部突破
新シリーズ!
【小説】
1〜3巻(以下続刊)
◉各定価:1320円(10%税込)
◉illustration:NAJI柳田
コミカライズも大好評!
Re:Monster
リ・モンスター
1
転生したのは…最弱ゴブリン!?
異世界下克上
サバイバルファンタジー
累計23万部突破!!
待望のコミカライズ!!
【漫画】
1〜10巻(以下続刊)
◉各定価:748円(10%税込)
◉漫画:小早川ハルヨシ

没落した貴族家に拾われたので恩返しで復興させます
1·2
六山葵
Aoi Rokuyama
魔法の才で偉くなって
没落した実家を立て直そう!
悪魔にも愛されちゃう
少年の王道魔法ファンタジー!
あくどい貴族に騙され没落した家に拾われた、元捨て子の少年レオン。彼の特技は誰よりもずば抜けた魔法だ。たまに夢に見る不思議な赤い本が力を与えているらしい。才能を活かして魔法使いとなり実家を立て直すため、レオンは魔法学院に入学。素材集めの実習や友人の使い魔(猫)捜し、寮対抗の魔法祭……実力を発揮して、学院生活を楽しく充実させていく。そんな中、何かと絡んできていた王国の第二王子がきっかけで、レオンの出自と彼が見る夢、そして魔法界の伝説にまつわる大事件が発生して――!?
◉各定価:1320円(10%税込)　◉illustration:福きつね
没落した貴族家に拾われたので恩返しで復興させます 2
六山葵
極寒の辺境で前世の秘密を解き明かそう!
コミカライズ企画進行中!

著 ベルピー
辺境伯家次男は
転生チートライフを
楽しみたい
1・2
辺境伯家次男のやりすぎ
異世界ファンタジー！
【創生神の加護】でもりもり
成長して、
のびのび
異世界暮らし！
友達はもふもふ
家族から溺愛
ひょんなことから異世界に転生した光也。辺境伯家の次男、クリフ・ボールドとして生を受けると、あこがれの異世界生活を思いっきり楽しむため、神様にもらったチートスキルを駆使してテンプレ的展開を喜々としてこなしていく。ついに「神童」と呼ばれるほどのステータスを手に入れ、規格外の成績で入学を果たした高校では、個性豊かなクラスメイトと学校生活満喫の予感……!?　はたしてクリフは、理想の異世界生活を手に入れられるのか——!?
◎各定価：1320円（10%税込）　◎illustration：Akaike
ベルピー
辺境伯家次男は
転生チートライフを
楽しみたい
2
転移魔法
無詠唱
気配察知
チートスキルで異世界の学校生活は楽勝です!?
コミカライズ企画進行中!!
辺境伯家次男のやりすぎ転生ファンタジー、第2弾!
アルファポリス

〜子狼に
気に入られた男の
転移物語〜
拾ったものは大切にしましょう
著 ぽん
PON
異世界で
狼と双子拾いました。
アルファポリス
人気ランキング
第1位
※期間:2020年3月〜4月

**大賢者から転生したチート幼女が
過保護パパと帝国をお掃除します！**

アウラード大帝国の第四皇女アレクシア。母には愛されず、父には会ったことのない彼女は、実は大賢者の生まれ変わり！ 魔法と知恵とサバイバル精神で、冒険者を目指して自由を満喫していた。そんなある日、父である皇帝ルシアードが現れた！ 冷酷で名高い彼だったが、媚びへつらわないアレクシアに興味を持ち、自分の保護下へと置く。こうして始まった奇妙な“娘父生活”は事件と常に隣り合わせ!? 寝たきり令嬢を不味すぎる薬で回復させたり、極悪貴族のカツラを燃やしたり……最強幼女と冷酷皇帝の暴走ハートフルファンタジー、開幕！

●定価：1320円（10%税込） ●ISBN 978-4-434-33103-9 ●illustration：柴崎ありすけ

この作品に対する皆様のご意見・ご感想をお待ちしております。

おハガキ・お手紙は以下の宛先にお送りください。

【宛先】

〒150-6019 東京都渋谷区恵比寿 4-20-3 恵比寿ｶﾞｰﾃﾞﾝﾌﾟﾚｲｽﾀﾜｰ 19F
(株) アルファポリス　書籍感想係

メールフォームでのご意見・ご感想は右のＱＲコードから、
あるいは以下のワードで検索をかけてください。

アルファポリス　書籍の感想　検索

ご感想はこちらから

本書は Web サイト「アルファポリス」(https://www.alphapolis.co.jp/)に投稿されたものを、
改題、改稿、加筆のうえ、書籍化したものです。

追放《ついほう》された技術士《エンジニア》は破壊《はかい》の天才《てんさい》です２
～仲間《なかま》の武器《ぶき》は『直《なお》して』超強化《ちょうきょうか》！　敵《てき》の武器《ぶき》は『壊《こわ》す』けどいいよね？～

いちまる

2024年　1月　30日初版発行

編集－矢澤達也・芦田尚
編集長－太田鉄平
発行者－梶本雄介
発行所－株式会社アルファポリス
〒150-6019 東京都渋谷区恵比寿4-20-3 恵比寿ｶﾞｰﾃﾞﾝﾌﾟﾚｲｽﾀﾜｰ19F
TEL 03-6277-1601（営業）　03-6277-1602（編集）
URL https://www.alphapolis.co.jp/
発売元－株式会社星雲社（共同出版社・流通責任出版社）
〒112-0005 東京都文京区水道1-3-30
TEL 03-3868-3275
装丁・本文イラスト－妖怪名取
装丁デザイン－AFTERGLOW
印刷－図書印刷株式会社

価格はカバーに表示されてあります。

落丁乱丁の場合はアルファポリスまでご連絡ください。

送料は小社負担でお取り替えします。


ISBN978-4-434-33336-1　C0093